Tante Helga deckt auf

Anne Fatori

AF198955

Danke an meine Lieben.

Danke an Tante Helga
für die Inspiration zu diesem Buch.

Anne Fatori

Tante Helga deckt auf

Bibliografische Information der Deutschen Nationalbibliothek:
Die Deutsche Nationalbibliothek verzeichnet diese Publikation in
der Deutschen Nationalbibliografie; detaillierte bibliografische
Daten sind im Internet über http://dnb.dnb.de abrufbar.

Herstellung und Verlag: BoD – Books on Demand,
Norderstedt

ISBN: 978-3-7460-3675-5

Inhaltsverzeichnis

Guten Morgen!

Mit einem lauten „Guten Morgen" kam Elsbeth Müller, die Stationsschwester unverschämt motiviert schon so früh am Morgen ins Zimmer. Die Türe schepperte gegen den Stopper und Tante Helga war wach!

Eigentlich war das Rentnerleben recht schön, denn es klingelte morgens nur noch der Wecker, wenn Tante Helga schon in der Früh zum Arzttermin musste, oder aber wenn der Discounter wieder mal Supersonderangebote hatte, die vielleicht um neun Uhr nicht mehr in ausreichender Menge für die Langschläfer-Rentner vorhanden waren. Ansonsten ließ es Tante Helga lieber entspannt und vor allem ausgeschlafen angehen.

Doch nun, im Krankenhaus, interessierten sich weder Schwester Elsbeth, noch die anderen Ladies vom Frühdienst für Tante Helgas entspannten Biorhythmus.

Positiv war allerdings zu bemerken, dass Tante Helga hier im Krankenhaus neue Freunde gefunden hatte und neue Lebensenergie.

In den Jahren zuvor hatte sie es nicht leicht, über den Verlust ihres geliebten Mannes hinweg zu kommen. Dann verlor sie auch noch ihren kleinen Willi, der kleine Dackelmix hielt sie jeden Tag auf Trab. Täglich waren sie gemeinsam mit strammem Schritt durch die Stadt unterwegs gewesen. Bei Wind und Wetter trotzten sie allen Widerständen und waren mobil. Sie waren auf Recherche der aktuellen News. Montags waren sie bei Margot. Dienstags ging es zu Hilde. Mittwochs war Bingo angesagt. Donnerstags hielt sie die Gymnastik fit. Freitags war Helga abends ohne ihren kleinen Begleiter unterwegs, denn da war sie immer mit ihren Goldies zum Frauenstammtisch. Ja, die Helga war mobil und fast immer mit ihrem kleinen Fellknäuel auf Erkundungstour.

Samstags hatte sie erst ab dem frühen Nachmittag Zeit für Unternehmungen, denn vormittags kam die Putzfrau. Dabei war Tante Helga stets zugegen, um ihr kompetent die Sorge abzunehmen, eventuell ein Staubkorn zu übersehen. Sicherlich wäre es ihrer geduldigen Putzfrau Käthe Sauerbier so manchmal viel lieber gewesen, sie möge sich in den vier Stunden bitte mal außerhalb ihrer Wohnung, oder doch zumindest auch mal in einem anderen Raum als sie befinden. Doch die Zeit nahm sich Tante Helga nur zu gerne mal, um die liebe Haushaltshilfe zumindest mit Hinweisen und Kommentaren zu unterstützen. Vom Putzlappen ließ sie natürlich während der Zeit die Hände. Sie wollte Käthe ja nicht verärgern.

Sonntags ging sie morgens immer mit dem fidelen kleinen Willi in den Park. Es gab auch dabei immer feste Rituale. Zuerst ging es eine Runde um den See, dann gab es einen Kaffee und ein Stück Kuchen, bevor sie sich wieder nach Hause begaben, um nach dem Mittagsschlaf fit zu sein für den Sonntagsbesuch.

Doch dann, eines Morgens, an einem Montag, war der kleine Kerl nicht mehr aufgewacht. Es brach Tante Helga das Herz.

Danach zog sie sich zurück und verbrachte die meiste Zeit zuhause, alleine.

Vor ein paar Wochen war sie nun ungünstig auf dem Weg in den Keller auf der Treppe gestürzt und brach sich gekonnt mehrfach das Bein.

Inzwischen war sie wieder ganz gut zusammengeflickt und weitestgehend fit. Zumindest kritisieren konnte sie schon wieder ganz gut. Allerdings alleine Laufen war noch ein ernstes Problem, welches sich wohl auch in den nächsten Wochen noch nicht in Luft auflösen würde und so sollte an diesem Tage der Umzug sein. Es war ein Umzug vom Krankenhaus in eine Kurzzeitpflege. Das gefiel Tante Helga ja so gar nicht. Natürlich wollte sie viel lieber Zuhause sein und sich alleine durchwurschteln, doch irgendwie ging das leider noch so gar nicht. Also musste sie wohl oder übel in den sauren Apfel beißen und es ging auf ins Pflegeheim. Immer wieder hörte sie, dort wäre sie ja unter Leuten und gut versorgt. Doch Tante Helga hätte viel lieber ihre Ruhe in ihren eigenen vier Wänden, wo sie über ihre altbekannten Nachbarn schimpfen konnte und selbst bestimmen durfte, wann gefrühstückt würde und wo keiner meckerte, wenn sie mit einem Zigarettchen die Sommersonne auf ihrem Balkon genoss. Wer bitte wollte eigentlich einer Frau von 82 Jahren verbieten, ein Laster zu haben? Nun, oder auch zwei, denn zur Zigarette kippte sie ja auch schon gerne mal einen Kurzen. Das sollte ihr Bruder nur nicht mitbekommen, der sie einmal pro Woche besuchte, denn wenngleich sie und ihr kleiner Bruder mit seinen 76 Jahren ja nun schon seit einiger Zeit erwachsen waren, wollte sie vor ihm noch immer nicht zugeben, dass sie sich gerne mal ein Schnäpschen gönnte.

Die Morgenschwester Elsbeth brachte ihr heute also das letzte Mal ihr Frühstück ans Bett. Allerdings war beim ersten Blick auf das Tablett klar, daheim schmeckt's besser. Das Brot sah nicht nur trocken aus, sondern die Probe bewies, es war schon länger nicht mehr ofenfrisch. Das Ei war mal wieder knochenhart. Der Joghurt war schon nicht mehr kühl und wenn man sein Brot zum Frühstück gerne üppig belegte, reichte der Belag eben keinesfalls mehr für die Scheibe Nummer zwei. Doch heute wollte Tante Helga mal nicht so sein und sie haute rein.

All Inclusive bitte

Ein junger Pfleger namens Tom holte Tante Helga direkt am Auto ab und brachte zuerst sie und danach ihr Gepäck aufs Zimmer im neuen Domizil.

Das Pflegeheim war ja nicht die erste Wahl für Tante Helga, wenn es um die Planung eines Sommerurlaubs ging, aber hier war ja für den Preis alles inclusive.

Die paar Wochen würden schon irgendwie gut rumgehen und die Zeit hier würde sie wieder mobil machen für ihre eigenen vier Wände. Hier gab es für diese Zeit Rundumversorgung und regelmäßige Physiotherapie und Gymnastik.

Doch schnellstmöglich wollte Tante Helga wieder in ihre Wohnung zurück. Schließlich war sie ja noch keine alte Frau! Sondern sie war vielmehr eine echt fitte 82-jährige Lady, mit Menschenverstand und Interesse an ihren Mitmenschen! Gut, manch einer würde ihr Interesse als Neugierde bezeichnen. Doch wer von uns hat das denn nicht? Nun, bei ihr war dieses Interesse schon sehr stark ausgeprägt und sie hielt auch mit guten Ratschlägen nicht lange an sich. Doch so hatte sie beim Kaffeeklatsch mit ihren Goldies auch immer was Neues zu erzählen, aber auch zu erfahren. Wenn vier Ladies um die 80 sich die Neuigkeiten berichteten und mit Phantasie ergänzten, so konnte man sicher sein: die Redaktion der Bild-Zeitung könnte sich hier so einige Ideen holen.

Gerade hatte Tom Tante Helga ihr Zimmer und die Funktionen der Tasten am Bett erklärt. Er wollte mit den Funktionen der TV-Fernbedienung beginnen, da legte sie ihre Hand auf seine mit den Worten: „Junge, Tom, ich hatte bisher einen stressigen Tag, aber jetzt fahr' mich doch erst mal an die frische Luft und gönn' mir ein Zigarettchen." Tom war kurz baff, zwinkerte ihr aber dann wissend zu und meinte „Ich rolle Sie gerne auf den Balkon. Dann mach ich eine kurze Kaffeepause und bin so in gut 10 Minuten zurück. Aber ich muss Sie darauf hinweisen, dass Rauchen hier auf der Etage eigentlich nicht gestattet ist. Allerdings bin ich ja dann in der Pause und wenn ich zurück bin, machen wir schnell den Rest."

Der junge Mann gefiel Tante Helga nun noch mehr. Er sah schon sympathisch aus, mit seinen Tattoos, seinem Nasenring und diesen riesigen Löchern und den Holzklötzen in den Ohren. Aber das gefiel Tante Helga. Bankberater hatten es mit ihr nicht so leicht, wie dieser junge Rebell mit dem Herz am rechten Fleck. Sie hatte ein gutes Gespür für Menschen und besonders für ehrliche Menschen. Darauf schwor sie immer wieder.

Wie versprochen, ließ Tom sie nun gute 10 Minuten allein. So konnte sie in Ruhe ihr Zigarettchen rauchen und die Packung dann wieder sicher in den Tiefen ihrer Handtasche verbuddeln. Dann noch ein Hustenbonbon eingeworfen, ein großzügiger Hauch von Eau de Cologne gegen den Qualm, schon war sie bereit für die Bedienungsanleitung für Fernbedienung und Co.

Nach einer umfassenden Einweisung wollte Tante Helga endlich ihr tägliches Mittagsschläfchen machen. Doch das ging noch nicht. Formalitäten mussten noch erledigt werden. Außerdem wollte sie keinesfalls riskieren, dass das erste Mittagessen in ihrem All-Inclusive-Aufenthalt kalt wurde, oder gar ausfiel. Nun, dann wurde eben etwas später gedusselt. Das würde schon mal gehen. Auch eine 82 Jahre junge Tante Helga konnte noch flexibel sein, wenn sie es wollte.

Zwei Stunden später konnte sie endlich ihr Mittagsschläfchen genießen und sich von den Reisestrapazen und den vielen neuen Eindrücken erholen.

Mann, hier waren ja viele alte Leute, dachte sie sich, wenngleich sich Tante Helga bewusst war, dass sie beim Check im Spiegel den anderen Mitbewohnern hier, recht ähnlich war. Doch innerlich war sie sicherlich noch viel drahtiger, als ihr vorübergehender Begleiter, der Rollstuhl, es vermuten ließ.

Damit es hier nicht so „alt" für sie klang, zog Tante Helga es vor, die anderen Mitbewohner Urlauber zu nennen. Ja, sie alle waren einfach hier im All-Inclusive-Urlaub mit Rundumversorgung. Das schien Tante Helga gleich viel sympathischer.

Nach ihrer Relaxphase am Nachmittag beschloss Tante Helga, erst mal das Domizil zu erkunden. So drückte sie den Knopf, damit ihr junger neuer Kumpel sie doch bitte mal durch das Haus fahren möge.

Nur wenige Minuten später öffnete Tom die Tür und strahlte sie mit seinen weißen Zähnen freundlich an. Natürlich war er gerne bereit, mit ihr eine kleine Hausrundfahrt zu starten. Kurzerhand half er ihr in den Rolli und chauffierte sie sodann zu den wichtigen Punkten quer durch das Haus, um sie anschließend auch eine Runde durch den Park des Hauses zu fahren. Das war gar nicht so übel. Doch selbstverständlich war es kein langfristiger oder gar guter Ersatz für Tante Helgas eigene kleine feine Wohnung.

Im Haus gab es auf jeder Etage auch einen Gemeinschaftsraum. Dort konnte man nicht nur Gesellschaftsspiele spielen, gemeinsam fernsehen und Gespräche führen, sondern, wenn man wollte, auch gemeinsam essen, gemeinsam Frühsport machen oder am Gemeinschaftsbalkon am Ende des Flurs über die Spaziergänger lästern.

Das allerdings war für Tante Helgas Geschmack ein bisschen zu viel „gemeinsam". Sie hatte ja auch gerne mal einfach ihre Ruhe!

In den kommenden Tagen hatte sich Tante Helga recht gut und schnell eingelebt. Sie kannte die Abläufe, den Zeitplan, das Animationsangebot und zog immer wieder Parallelen zur Rundumbetreuung auf ihrer letzten Kreuzfahrt. Das machte ihr die Sache irgendwie angenehmer.

Doch sicherlich gab es da dennoch so einige Differenzen zu einer Urlaubsreise.

Tante Helga war ja durch und durch ein positiver Mensch und so zog sie sich gerne auch fürs Bingo im Domizil den roten Lippenstift gekonnt nach, legte ihr Haar in Position und machte immer einen gepflegten Eindruck, egal ob für die Abendveranstaltung an Bord oder eben nun in diesem vorübergehenden Domizil zur Erholung.

Rituale

Nachdem sie nun schon ihr zehntes Frühstück genossen und kaum etwas daran zu optimieren hatte, begann sie, Gefallen daran zu finden, bei Bedarf eben in Gesellschaft der anderen Urlauber zu frühstücken, gemeinsam Kreuzworträtsel zu lösen oder, und das ganz besonders, Tom für ihre morgendliche Rundfahrt im Park zu gewinnen. Dort gab es am Rande des Grundstücks einen Geräteschuppen mit einer Parkbank. Dort konnte man ungestört ein Zigarettchen genießen und inzwischen taten sie dies sogar zusammen. Da sie einen guten Ausblick hatten und die meisten anderen Bewohner nicht gerne so weit liefen, hatten sie hier ein optimales Plätzchen für ihr kleines Geheimnis gefunden.

Als die beiden dann zurück am Zimmer waren, wartete im Gemeinschaftsraum davor schon Adelgunde, eine alte Freundin von Tante Helga. Was für eine schöne Überraschung!

Neuigkeiten

Adelgunde war nun schon fast seit 20 Jahren Witwe und im Grunde eine äußerst liebenswerte Person, die allerdings überall kritisch ein Problem witterte. An diesem Tag allerdings strahlte sie übers ganze Gesicht, war überschwänglich und die Begrüßung trällerte sie ja schon förmlich. Tante Helga kam ja gar nicht umhin, sich innerlich zu fragen ‚Ok, was stimmt hier nicht?' War das die Adelgunde, die sie schon so viele Jahre kannte und die sie doch eigentlich all die Jahre zum positiven Denken hatte bringen wollen?

Scheinbar hatte irgendetwas Adelgunde dazu gebracht, sämtliche guten Ratschläge umzusetzen. Es schien, sie sähe alles Rosarot. Also, der Sache musste auf den Grund gegangen werden! Was war denn mit Adelgunde los? Hatte sie nur ein paar Schnapspralinen zu viel, hatten ihre Medikamente irgendwelche bedenklichen stimmungsaufhellenden Nebenwirkungen oder war es gar etwas Ernsteres?

Nun, es dauerte nicht lange und sie weihte Tante Helga ein. Adelgunde war verknallt!

Sie hatte kürzlich bei einer Bahnfahrt einen anderen Reisenden kennengelernt, der wohl am Rückweg von seiner Tochter war. Da haben sich die beiden in der Bahn so verquatscht, dass er wohl seine Station verpasste, also dann auch mit Adelgunde ausstieg und da blieb er kurzerhand auf einen Kaffee, bevor er wieder zurückfuhr. Dies hatte ihr sehr imponiert.

Mit leuchtenden Augen erklärte sie „Er hatte gleich gespürt, dass etwas Magisches zwischen uns in der Luft lag und so mussten wir uns einfach wiedersehen."

Gut, bis dahin konnte man noch nichts Negatives sagen.

Doch, nun kam es. Dies war schon ganze zwei Monate her, nun hatte er gestern die Frage aller Fragen gestellt. Adelgunde, die ganz entzückt war, nachdem sie die letzten 20 Jahre nur in Erinnerungen mit ihrem Ernst-August lebte, hatte tatsächlich „JA" gesagt.

Tante Helga blieb zumindest äußerlich ruhig und ließ Adelgunde erzählen und wie einen Teeny schwärmen.

Er, der Mann mit dem Gespür für Magie des Augenblicks, hieß Clemens von Ritters und war erst 62 Lenze jung. Die Adelgunde war ja ganz entzückt, sich einen solchen mobilen Jungspund an Land gezogen zu haben. Von Beruf war er bis zur Rente Unternehmer. Nun genoss er schon in so frühen Jahren seine Erfolge. Das war für Tante Helga keine präzise Information.

Immer wieder betonte Adelgunde, dass er es auf ihr Geld wohl kaum abgesehen haben konnte, denn als sie bei ihrem Kennenlernen in der Bahn bemerkt hatte, dass sie wohl ihre Geldbörse verloren haben musste, half er ihr spontan aus und zahlte ihre Bestellung im Bordrestaurant und auch den Kaffee danach.

Das klang für Tante Helga alles sehr verdächtig, hatte sie doch erst kürzlich wieder eine große Reportage über Heiratsschwindler im Klatsch-und-Tratsch-Blättchen ihres Vertrauens gelesen. Das aber wollte sie natürlich ihrer Freundin an dieser Stelle nicht erzählen, um sie nicht zu verunsichern oder sie zu verärgern. Doch sie wollte ihre liebe Freundin beschützen. Da schadete es ja nichts, mal ein wenig zu recherchieren. Natürlich war man keine 20 mehr, aber deswegen gleich zu heiraten, das schien Tante Helga etwas übereilt.

Also war die Mission klar. Operation Sonnyboy war geboren.

War er wirklich nur ein netter Herr, der sich Hals über Kopf in Adelgunde verliebt hatte? Hatte ihn gar das Schicksal zu ihr gebracht? Oder führte er etwas im Schilde?

Tante Helga nahm sich fest vor, das heraus zu finden.

Start der Ermittlungen

Tante Helga war fest entschlossen, diesen Bahnfahrer mal gründlich unter die Lupe zu nehmen. Sollten sich ihre Befürchtungen bewahrheiten, wäre sie zur Stelle, um ihrer lieben Freundin die Augen zu öffnen. Doch wie sollte sie so etwas bloß anstellen?

Sie hatte noch keinen rechten Plan, aber Tante Helga wäre nicht Tante Helga, wenn sie nicht schon bald die ersten und sicherlich auch die ersten verrückten Ideen dazu hätte.

Doch alleine war ein solches Projekt ja schlecht realisierbar, erst recht nicht, wenn man gerade nicht gut zu Fuß war. Somit musste ein Einsatzteam gebildet werden, die SOKO Sonnyboy.

Da fiel ihr doch gleich ihre süße Großnichte Bella ein. Bella war ein wundervolles und hilfsbereites Mädchen. Gerade erst hatte sie ihren Führerschein bekommen. Das war ja die Idee schlechthin, sie mit einzubinden, lobte sich Tante Helga selbst. Mit einem noch druckfrischen Führerschein würde sie doch bestimmt jede Gelegenheit nutzen, diesen auch mal zu benutzen und ihren kleinen Flitzer zu bewegen.

Kaum hatte Tante Helga diese Idee zu Ende gedacht, da hatte sie auch schon ihr Telefon am Ohr und wählte ihre Nummer. „Bella, mein Liebes, wie geht es Dir?" tönte sie hinein und nur Minuten später, war die kleine Bella für den nächsten Nachmittag ins Domizil eingeladen. Das war toll, denn so verlor die Teamleitung keine Zeit bei der Projektplanung zur Operation Sonnyboy. Aber sie hatte auch noch genug Zeit, um Ideen zu sammeln und Strategien vorzubereiten.

Aber alle guten Dinge waren ja bekanntlich drei. Ein drittes verlässliches Mitglied der Sonderkommission musste gefunden werden. Schnell wusste Tante Helga auch, wer da die richtige Besetzung wäre. Es war Tom, der junge Pfleger mit dem Verständnis für Tante Helgas kleine Laster.

Ihn würde sie am besten beim morgendlichen Spaziergang im Park zur Morgenzigarette mit ins Boot holen.

So sammelte sie noch ein paar Ideen, wie sie die beiden am folgenden Tag wohl am besten überzeugen konnte und schlief nach dieser ganzen Aufregung erst spät ein.

Am nächsten Morgen flog schon wieder so unverschämt früh die Türe auf. Pflegerin Ursula fragte, ob sie allein, oder mit den anderen im Gemeinschaftsraum frühstücken wolle. Nun, vielleicht war heute ein guter Tag für eine gesellige Runde am Morgen, wenngleich sie ansonsten lieber morgens ihre Ruhe hatte. Doch heute wollte sie mal nicht so sein. Heute brauchte sie Ideen und auch etwas Ablenkung, um sich später wieder besser konzentrieren zu können, auf die neue, so wichtige Mission.

Neben ihr nahm Hildegard Platz. Hildegard war, wie Tante Helga sagte, etwas schrullig, aber lieb. Sie ging nicht ohne ihren dicken Fingerring aus ihrem Zimmer und legte Wert darauf, dass ihre Dauerwelle gut frisiert war, wenn sie am Frühstückstisch ankam. Der Weg war schon etwas beschwerlich, doch mit ihrem Rollator, den sie selbst Ferrari nannte, war sie ja nicht die einzige, die etwas schlecht zu Fuß war. Doch auf dem Ablagetablett des Ferrari, wo andere Urlauber ihre Morgentabletten oder Zeitschriften mit zum gemeinsamen Frühstück brachten, hatte sie ihr Morle stets dabei. Nun, ein lebendiges Haustier war ja hier nicht gestattet, aber Hildegard hatte ihr ganzes Leben lang Katzen gehabt und nun, als sie hier einzog, fühlte sie sich so alleine, dass ihre Enkelin ihr ihre Spielkatze mitbrachte. Sie hatte Originalgröße, ein flauschiges Fell, sie bewegte ihr Köpfchen und konnte sogar schnurren. Immer wieder kraulte Hildegard ihr Morle. Morle schnurrte und Hildegard freute sich.

Doch abgesehen davon, dass sich Hildegard hier oft sehr allein zwischen so vielen Menschen fühlte, war sie ein Pfundskerl. Gern erzählte sie von früheren Zeiten und auch hier und da mit einem verschmitzten Grinsen mal einen schmutzigen Witz.

Tante Helga genoss die lustigen Gespräche mit Hildegard, ob mit oder ohne den kleinen schnurrenden Morle.

Im Anschluss an das Frühstück wurde Frühgymnastik angeboten. Karl-Heinz, der den beiden Ladies gegenübersaß, schwärmte, wie gut ihm die morgendliche Gymnastik täte. So motivierte er die zwei Damen, doch daran Teil zu nehmen und ihm den Frühsport mit ihrer Anwesenheit zu versüßen. Doch dafür Tante Helga ja nun wirklich heute keine Zeit!

Nach der Runde im Park mit Pfleger Tom und dem Morgenzigarettchen am Schuppen war auch er im Boot und versprach mit leuchtenden Augen, dabei zu sein. Also, Daumen hoch für SOKO Sonnyboy!

Die Zeit bis zum Nachmittagskaffee verging wie im Fluge. Zwischendurch gönnte sich Tante Helga noch ein Verdauungsschnäpschen nach dem Essen. Danach hatte sie genug Zeit für ein kleines Erholungsschläfchen.

Kaum hatte sie die Kaffeetasse danach ausgetrunken und war gerade wieder auf ihrem Balkon angekommen, um zehn Minuten in der Nachmittagssonne zu entspannen, schon betrat eine fröhliche junge Frau Tante Helgas Zimmer. Bella war da. Sie war schon immer Tante Helgas Sonnenschein. Beide strahlten sich an. Ja, man konnte beiden die Freude über ihr Wiedersehen deutlich ansehen.

Nach einer Stunde waren auch Tante Helgas interessierte Fragen nach allen Lebenslagen beantwortet, von den Themen Auto, Führerschein, Arbeit, Familie bis hin zur Männerproblematik war also alles abgeklärt und Tante Helgas Interesse und sogar die Neugier ein gutes Stück weit zufrieden gestellt.

Also konnten nun auch Helgas Topthemen besprochen werden. Gespannt lauschte Bella den Ausführungen und Schilderungen der Eindrücke zu diesem windigen Gesellen, den sich die liebe Adelgunde da wohl an Land gezogen hatte. „Da muss man selbstverständlich was tun!" befand auch Bella voller Überzeugung und einer ordentlichen Dosis Neugier. Bella sah ihre Großtante schon als die neue Miss Marple ermitteln.

Bella freute sich sehr über die Motivation und den Ehrgeiz, den ihre lustige Tante hier versprühte. Sie hatte sich in den letzten Monaten sehr zurückgezogen. Aber nun hatte sie wieder ihren Elan und den Schwung im Hintern, der sie so ausmachte.

Doch wie sollte man nun starten? Wo gab es Angriffspunkte? Da schnappte Bella ihr Smartphone und fragte einfach mal Google. Von diesem Google hatte ja auch Tante Helga schon gehört und somit musste das eine gute Idee sein. Doch mehr als die Anschrift und die Telefonnummer war dort nicht zu finden. In den sozialen Netzwerken war dieser Sonnyboy nicht zu finden.

Also, was tun?

Tante Helga hatte eine Idee. Überwachung! Bella riss ihre Augen weit auf! „Überwachung?! Wer soll ihn denn überwachen?"

Doch strahlend teilte Tante Helga mit, dass sie noch immer ein Adlerauge habe…mit Verstärkung ihrer Brille und ihrem Super-Spionage-Fernrohr, welches sie im letzten Jahr gekauft hatte, um das Nachbargebäude von gegenüber während dem Urlaub der Bewohner kompetent aus sicherer Entfernung zu bewachen.

Doch auch danach hatte sie Gefallen daran gefunden und saß gerne mal auf ihrem Balkon, checkte rundum die Lage mit Adlerauge und Fernrohr. Sie hatte ja die Zeit dazu und auch das entsprechende Interesse an Neuigkeiten.

„Aha, also, Tante Helga, Du bist das Adlerauge? Aber wie wollen wir denn zum Zielobjekt kommen?"

Auch diese Frage war schnell und einfach beantwortete, denn so eine junge Fahranfängerin freute sich doch immer, wenn es einen Grund gab, den neuen Flitzer zu bewegen. „Bella, meine Liebe, wie wäre es, wenn wir Deinen kleinen Flitzer als Spionagemobil nehmen?"

„Ok, aber lass das ja nicht Opa wissen." flüsterte sie zurück, als wolle sie sichergehen, dass keiner sie hörte.

Also wurden Nägel mit Köpfen gemacht. Zum Glück konnte Tange Helga inzwischen schon mal alleine aus dem Rollstuhl aufstehen und ein paar kleine Schritte laufen. Die Genesung ging wirklich gut voran. Das konnte man auch an ihrem Elan und ihrem Tatendrang erkennen.

„Aber was machen wir, wenn wir bei der Überwachung auf Adelgunde treffen?" Bella runzelte die Stirn und blickte etwas fragend zu ihrer Großtante. Für den Fall der Fälle musste die Soko Sonnyboy gewappnet sein. Also musste eine Verkleidung her, beschlossen die beiden Ermittlerinnen.

Bella bekam eine Einkaufliste für wichtiges Spionagewerkzeug. Zwei Perücken mussten her, drei Mützen, Stubenfliegen-Gedächtnis-Sonnenbrillen und zarte Stoffhandschuhe sowie ein zweites Fernglas, denn vier Augen sehen ja mehr als zwei, also Spionage mit vereinten Kräften, falls ein Adlerauge mal ein kurzes Päuschen machen wollte oder abgelenkt war.

Beschattung mit Hindernissen

Am Abend ging es los, die erste Tour war geplant. Tante Helga meldete sich im Pflegeheim für einen Familienbesuch ab. Zum Glück war das ja kein Problem.

Rasch war sie im kleinen Flitzer ihrer Großnichte auf dem Beifahrersitz in Überwachungsposition. Tom hatte gerade Feierabend und wollte sich das auf keinen Fall entgehen lassen. So saß er kurzerhand am Rücksitz des kleinen Flitzers, wenngleich Beine ausstrecken hier absolut nicht machbar war, sobald die Körpergröße über 1,60 m hinausging. Er hatte mit seinen 1,85 m sichtlich Schwierigkeiten, beschwerte sich aber mit keiner Silbe darüber. Im Gegenteil. Er fand das alles total spannend und höchst amüsant.

Zum Glück hatte der kleine Flitzer auch ein Navigationsgerät, welches den drei Detektiven den Weg ansagte zum Zielobjekt „Sonnyboy".

Nach rund einer halben Stunde Fahrt kamen sie am Zielort an und parkten auf der gegenüberliegenden Seite unter einem Baum. Es wurde langsam dunkel. Dennoch saßen die drei hinter ihren Sonnenbrillen, unter ihren Perücken und Mützen versteckt und blickten gespannt auf das Haus des zu überführenden Betrügers.

Doch nun, wo sie hier standen, stellte sich eine Frage Wie sah dieser Clemens jetzt eigentlich aus? Nun gut, an dieser Stelle fiel auf, an der Recherche vorweg bestand durchaus noch Verbesserungspotential.

Hmm, würde man ihn erkennen, wenn er aus dem Haus kam? Er hatte wohl kaum ein Namensschild am Pullover.

Angestrengt überlegte Tante Helga, was genau Adelgunde über ihren Schwarm erzählt hatte. Er sähe toll und gepflegt aus. Nun gut, das traf auch auf Tante Helgas Apotheker oder ihren Zigarettendealer zu. Doch was hatte sie noch erwähnt? Er solle einen kleinen Bauch haben und einen Hund. Ah, einen Hund. Das war ein akzeptabler Anhaltspunkt.

Also beschlossen Chefermittlerin Tante Helga und ihr Team, abzuwarten, bis ein Mann mit Hund zu sehen war. Doch die Minuten vergingen, ohne dass etwas geschah. Ja, eine ganze Stunde war vorüber und es tat sich nichts, ja so überhaupt gar nichts, geschah. Dann, plötzlich regte sich etwas. Doch das war nur Tom, der inzwischen am Rücksitz eingeschlafen war. Kein Wunder, schließlich hatte er seit 6 Uhr morgens Frühdienst gehabt. Die zwei Frauen sahen sich kurz an, schmunzelten und observierten weiter. Eine weitere halbe Stunde verging, ohne dass sich etwas tat.

Dann, ganz langsam öffnete sich die Türe. Bellas Ellenbogen tippte Tante Helga an. Dann, ohne ersichtlichen Grund schloss sich die Tür auch gleich wieder. Das wache Ermittlerduo atmete angestrengt aus.

Tante Helga schimpfte „Mensch, Mann, mach hinne, ich hab' doch nicht mehr die Blase einer 50-Jährigen!"

Dann tat sich etwas. Tatsache, ein Mann kam heraus, mit drei Hunden. Drei Hunde? Na dann musste er ja fit sein, dachte sich Tante Helga, denn die brauchten sicherlich Beschäftigung und Auslauf. Allerdings ist es wohl auch gleich, wenn man Gassi ging, ob man mit einem oder dreien ging, hinsichtlich der Länge… man lief, bis die Hunde glücklich und zufrieden und die Blasen entleert waren.

Tante Helgas Gedanken schweiften etwas vom eigentlichen Thema ab.

Doch was war das? Kurz darauf kam noch ein Mann aus dem Haus, mit einem Hund. Nun, welcher war denn nun der Richtige? Tante Helga konnte ihn ja wohl schlecht fragen. Also beschlossen die Damen, die Rückreise anzutreten, in der Hoffnung, dass sie es noch rechtzeitig zum Abendessen schaffen würden.

Es musste ein neuer Plan her.

Wie sollten sie herausbekommen, wer der richtige Sonnyboy war? Da würde ihnen bestimmt noch etwas einfallen, aber eben ein andermal.

Der Rückzug war angesagt.

Als sie wieder am Domizil ankamen, wurde auch Tom wieder wach. Er schien etwas traurig zu sein, die Hälfte verschlafen zu haben. Doch er nahm sich vor, beim nächsten Einsatz mit Kaffee bewaffnet zur Stelle zu stehen.

Gerade betraten sie den Gemeinschaftsraum, da wischte Schwester Gundula die Tische ab. „So viel zum Thema Abendessen" knurrte Tante Helga leise und mit leerem Magen. Doch Gundula schmunzelte und schüttelte mit dem Kopf. Natürlich hatten sie ihr Essen aufgehoben und es war auch noch genug über, damit auch Bella locker und lecker satt wurde.

Tante Helga nahm Bellas Hand und meinte „So ein All-Inclusive-Domizil ist doch gar nicht so übel. Nicht mal den Abwasch muss man hier machen. Da habe ich Zeit für viel schönere Dinge, zum Beispiel die Sonne am Balkon genießen und mit Dir ermitteln."

Dann beugte sich Tante Helga etwas näher zu Bella und erzählte von den benachbarten Bewohnern, oder wie sie sie liebevoll nannte, von den anderen Urlaubern.

Da war Hildegard, die am Morgen beim Frühstück neben ihr saß, die etwas schrullig, aber sehr lustig war. Dann war da noch Karl-Heinz, der sie immer wieder zum gemeinsamen Frühsport motivieren wollte. Dazu war sie sich noch nicht ganz sicher, ob er wirklich so eine Sportskanone war, wie er es von sich behauptete, oder ob er einfach nur gerne noch fit wäre. Doch sie war entschlossen, dies in den nächsten Tagen mal heraus zu finden.

Dann waren hier noch Annemarie, die nicht viel sprach. Sie war sehr ruhig und in sich gekehrt, aber immer freundlich. Gut, wenn man kaum etwas sagte, konnte man auch nicht sehr unhöflich sein.

Weiter gab es noch Lydia, die immer von ihren tollen erfolgreichen drei Kindern und den tollen Enkelkindern erzählte. Allerdings sah man diese wohl hier sehr selten. Das mochte wohl daran liegen, dass sie so erfolgreich waren, dass sie einfach keine Zeit hatten, ihre Mutter bzw. Oma mal zu besuchen.

Im Eckzimmer gab es da noch Franz. Zu ihm konnte Tante Helga noch nicht viel sagen, denn mit ihm war sie bisher kaum im Gespräch gewesen. Er ist wohl tagsüber gerne an der frischen Luft, füttert im Park die Enten und wenn sein Brot verbraucht war, löste er stundenlang auf der Parkbank Kreuzworträtsel oder er las Krimis. Es schien, als würde er gerne beobachten. Auch bei gemeinsamen Essen saß er immer etwas abseits an der großen Tafel und es machte den Anschein, als würde er die ganze Sache ein wenig überwachen. Doch dem würde Tante Helga sicherlich noch auf den Grund gehen. Bis zu ihrer Genesung würde sie bestimmt noch ein paar Wochen hier All-Inclusive-Urlaub genießen und damit noch etwas Zeit haben, um die eine oder andere Information hier rundum zu bekommen.

Zu den anderen Urlaubern hier im Haus konnte Tante Helga noch nichts sagen.

Bella war sich sicher, ihre lustige Großtante würde da in der nächsten Zeit noch so die eine oder andere Geschichte über die anderen Urlauber parat haben.

Doch für heute verabschiedeten sich die zwei mit einer herzlichen Umarmung und verabredeten sich erneut für den kommenden Samstag, um dann einen neuen Erfolgsplan für die SOKO Sonnyboy zu entwickeln.

Erholung im Domizil

Der nächste Morgen brach an. Noch bevor die Morgenschwester die Türe öffnete, war Tante Helga wach und ausgeschlafen. Das überraschte sogar Schwester Ursula, die verdutzt inne hielt mit ihrem Weckruf, als Tante Helga schon mit Föhnfrisur, Pullover und Perlenkette abfahrtbereit fürs Frühstücksbuffet im Rollstuhl saß.

So früh hatte man damit noch nicht gerechnet. Tom war gerade noch mit dem Eindecken des Frühstücks im Gemeinschaftsraum beschäftigt und auf die Frage, ob Tante Helga im Zimmer oder mit den anderen frühstücken wolle, antwortete sie ein entschiedenes: „Na mit den anderen!". Nun, so selbstverständlich war das nicht. Denn ob man hier gemeinsam oder alleine essen, lesen oder fernsehen wollte, das änderte sich immer wieder mal, bei jedem.

Fünfzehn Minuten später holte Tom Tante Helga zum Frühstück ab und bemerkte: „Frau Wolke, Ihre Frisur sitzt aber heute wieder, wie vom Profi." Mensch, der Junge wusste einfach, dass sich auch eine etwas reifere Dame mal über ein Kompliment freute. Natürlich hatte er ja auch recht. Sie sah toll aus und fühlte sich auch toll, insoweit man das sagen konnte, gute zwei Monate nach einer so schweren OP.

Da fiel ihr ein, sie sollte es wohl in Zukunft vermeiden, schwere Kisten in ihrem Alter alleine in den Keller zu räumen. Dabei konnte, wie sie schmerzhaft feststellen konnte, deutlich mehr zu Bruch gehen, als ein paar Einweckgläser mit selbstgemachter Marmelade. Diese hatte sie nur mal schnell zur Aufbewahrung in den Keller tragen wollen. Doch die waren ja nun hin. Die gingen alle samt zu Bruch bei ihrem Sturz. Aber man musste ja auch positiv denken. So wäre ihr ohne diesen Fall zwar der längere Krankenhausaufenthalt erspart geblieben. Doch der Aufenthalt im Domizil und das Kennenlernen dieser unterschiedlichen Charaktere machte ihr mehr und mehr Spaß.

Heute saßen Hildegard und Lydia Tante Helga gegenüber und erzählten von den Bauarbeiten an der Straße, der sie schon seit sechs Uhr nicht mehr schlafen lies. Nun, der Baulärm hatte Tante Helga ja so gar nicht gestört. Sie hatte ihr Zimmer auf der gegenüberliegenden Seite mit Blick in den Park.

In diesem Moment fühlte sich Tante Helga schon ein Stück privilegiert. Doch eines hatte sie hier auch schon gelernt: es gab immer wieder Dinge, über die man schimpfte, wenngleich es so viele Worte zur Betonung des Ärgernisses wohl meist nicht gebraucht hätte. So hatte man allerdings immer wieder rasch rege Gesprächsthemen.

An diesem Morgen hatte Hildegard mal so richtig Hunger. Das war schön mit anzusehen, denn eigentlich war sie eine kleine, zierliche Frau, die sonst schon nach einer halben Scheibe Brot den Rest zur Seite schob und meinte, sie sei satt. Aber heute aß sie sogar zwei und legte nach dem ersten Käsebrot noch genüsslich zwei Scheiben Salami sowie zwei Scheiben Käse auf ihr zweites Frühstücksbrot übereinander und biss genussvoll hinein. Danach gab es noch einen Joghurt und ein Lob an die Pfleger für das tolle Frühstück. Gut, davon abgesehen, dass meist dasselbe auf dem Tisch stand, hatte Hildegard völlig recht. Man konnte da wirklich mal ein Lob aussprechen. Das machte man im Alltag ja viel zu selten, befand auch Tante Helga.

Keiner hatte es hier immer leicht. Für jeden gab es auch so manchen in sich gehenden, ruhigen oder auch unangenehmen Tag. Doch dann gab es eben positive Erlebnisse und die sollten viel öfter mal hochgehalten werden.

Nach ihrem kräftigen Frühstück zog sich Hildegard mit ihrem Ferrari und ihrem Morle zurück. Lydia hingegen saß noch mit Tante Helga am Tisch. Kaum war Hildegard um die Ecke, da keifte Lydia los „Hast du denn eben gesehen, wie viel Käse die gegessen hat?! So viel Käse, das ist ja ungesund und überhaupt, sowas gehört sich nicht. Sie hat ja fast den ganzen Käse alleine verdrückt! So was Egoistisches!“

Tante Helga bot ihr also kurzerhand die letzte Scheibe Käse auf dem Tablett an. Doch Lydia verzog die

Schnute und schüttelte mit dem Kopf „Ich esse ja gar keinen Käse."

„Aha." Nun gut, das ließ Tante Helga dann mal so stehen, rollte sich die letzte Scheibe Käse zwischen den Fingern zusammen und verputzte sie, ganz ohne Brot oder Wurst. Das ging auch mal so und Lydia biss sich sichtlich auf die Lippen. Nun war der Käse alle, den sie ja eigentlich eh nicht aß.

Als Tante Helga mit ihrem Rollstuhl zurück auf ihrem Zimmer war, lag dort ein Beutel mit vier Gläsern Joghurt. Ach, wie freute sie sich doch. Das hatte ihr wohl Tom mitgebracht. Sie hatte ihn darum gebeten. Denn so wie jeder Mensch seine Vorlieben hatte, so mochte sie diesen Joghurt im Glas und da jede Urlaubsgruppe hier einen Gemeinschaftskühlschrank hatte, war somit klar, einen Joghurt würde sie gleich heute genießen und die anderen dort für die nächsten Tage kühl stellen. Ach wie freute sie sich über diese Delikatesse. Und wie besprochen, hatte der Bub ihr noch etwas mitgebracht. Nussschokolade und ein Päckchen Zigaretten. „Das ist einfach ein Goldjunge!" stellte sie mal wieder fest.

Gerade hatte Tante Helga die Zigaretten und die Schokolade in ihrer Handtasche verstaut, da kam ihr Held des Tages auch schon zu ihr ins Zimmer und fragte: „Na, Frau Wolke, Lust auf eine kleine Spazierfahrt durch den Park?"

Die beiden drehten ihre morgendliche Runde im Grünen und entdeckten dabei am Ententeich auf der Bank sitzend Hildegard, entspannt neben ihrem Rollator, laut lachend mit Karl-Heinz. Ach das war ja lustig. Da waren die beiden hier vergnügt am Enten füttern, statt zusammen beim Frühsport zu schwitzen.

Unbemerkt konnten sich Tante Helga und Tom weiter durch den Park zu ihrer kleinen Ruhe-Oase begeben. Kaum dort angekommen und den ersten Zug der Morgenzigarette genossen, überlegten die zwei, wie sie nun dem geheimnisvollen neuen Freund von Adelgunde auf die Schliche kommen könnten. Welche Möglichkeiten gab es denn nun, herauszufinden, welcher Mann dieser besagte Clemens war und wie konnte man ihn mal etwas besser unter die Lupe nehmen?

Da kam Tom eine Idee. Warum lud Adlerauge Helga die beiden nicht mal zu einem Nachmittagskaffee ein? Das ginge hier im Domizil, oder eventuell auch in einem Café in der Stadt. Bei Kaffee und Kuchen ließ sich doch sicher so manche Information aus den beiden Verliebten locken, die für die weitere Recherche dienen könnte. In der Stadt gäbe es allerdings noch einen weiteren entscheidenden Vorteil. Hier konnten die jungen SOKO – Mitglieder auch unbemerkt am Nachbartisch Platz nehmen und mit recherchieren, quasi verdeckt ermitteln, getarnt als junges Pärchen.

Tante Helga fühlte sich wie Miss Marple mit Ihrem etwas jüngeren und moderneren Mr. Stringer. Tja, ein Mr. Stringer mit Tattoos und Tunnel, das hatte ja mal was, befand auch Tante Helga.

Der Plan gefiel ihr. Zum einen, weil sie sich freute, ihre Freundin zum Kaffee zu treffen, aber natürlich auch, weil so ihre Neugier hinsichtlich des neuen Partners an ihrer Seite gestillt werden würde. Aber ganz besonders freute sie sich, weil sie wahnsinnig gerne in die Stadt ginge, um dort Kaffee zu trinken und das flanierende Volk zu begutachten und zu bewerten.

In diesem Moment fiel ihr auf, wie sehr sie die Treffen mit ihrem Goldiesclub vermisste. Das musste sich ganz bald ändern, nahm sie sich fest vor.

Zurück auf ihrem Zimmer wählte sie kurzerhand die Nummer ihrer lieben Freundin Hilde, um ihre vertraute Stimme mal wieder zu hören, Neuigkeiten zu erfahren und sie ganz bald zum Kaffee einzuladen. Zu ihrer großen Freude war Hilde genauso hocherfreut wie Tante Helga und obwohl Rentnerinnen ja auch meist einen vollen Terminkalender haben, zumindest fühlte es sich oft so an, sagte sie zu, Tante Helga schon am nächsten Tag im Domizil zu besuchen.

Glücklich, dass das nun schon mal so spontan geklappt hatte, wählte sie dann auch eine Freundin nach der anderen an, erfuhr viele neue Dinge und fühlte sich nach den langen Telefonaten nicht nur, als hätte ihr Arm schwer gehoben durch das lange Halten des Hörers, sondern sie empfand sich wieder ein Stück lebendiger und vollständiger, ja, zufriedener.

Zwanzig Minuten vor dem Mittagessen kam Tom erneut zu ihr, doch nun mit einer Mission der anderen Art. Tante Helga sollte ja wieder auf die Beine kommen, um auch wieder selbständig klar zu kommen. Somit war der Auftrag des heutigen Tages, ein paar Schritte an ihrem neuen Ferrari zu laufen. Das war ja ein Schritt nach vorne und so gab es von Tante Helga für diese Maßnahme zwei Daumen hoch. Motiviert übten sie erst das Aufstehen mit Hilfe des Rollators und dann hieß es, die Bremsen zu lösen und ein paar Schritte zu gehen. Das war nach ein paar Wochen im Rollstuhl ein wackeliges Gefühl, wenngleich sie ja in den letzten Tagen schon mehrfach alleine zwischen Bett und Rollstuhl pendelte und dies auch schon recht gut funktionierte.

Nach fünfzehn Minuten dieser sportlichen Übung – mit Päuschen – natürlich war das für diesen Tag definitiv genug Sport. Also lobte Tom Tante Helga, half ihr dann in ihren Rollstuhl und fuhr sie zu ihrem wohlverdienten Mittagessen.

Heute saß ein neues Gesicht mit am Tisch. Nun, ganz so *neu* war der Mann nicht, aber er war neu hier, im Domizil. Auch er sollte nur vorübergehend hier sein, während seine Familie die Sonne am Mittelmeer genoss.

Sein besorgter Sohn hatte arrangiert, dass er hier gut untergebracht war, statt Zuhause in dem großen Haus alleine zu sein. Hier wurde für ihn gekocht, nach ihm gesehen und sein Sohn und dessen Familie mussten kein schlechtes Gewissen haben, gepaart mit Angst, er könnte wieder stürzen. Leider war das in letzter Zeit immer mal passiert. Kurt Knörz, so hieß er, war in den letzten Monaten immer mal wieder ungünstig gestürzt und hatte sich gerade von seinen letzten Verletzungen erholt. Nur ein paar bunte Flecken erinnerten noch daran. Leider schienen diese Flecken wie Mahnmale auch im Alter etwas länger und auffällig groß zu bleiben. Kurt war ein stattlicher Mann von 86 Jahren. Doch auch, wenn er in seinem reifen Alter etwas tollpatschig zu sein schien, so war der Kopf doch fit.

Er schien sehr freundlich und aufgeschlossen zu sein, so wie er dort saß und alle in der Runde mit wachen Augen begrüßte. Kaum hatten alle Urlauber Platz genommen, hatte er schon seine Rahmendaten an alle mitgeteilt. Dann wurden auch gleich schon die Tabletts mit den Essen auf den Tisch gestellt. Tante Helga sah im Augenwinkel, wie Kurt zum Essen sein Gebiss aus dem Mund nahm und es auf seinem Tablett neben dem Suppenteller platzierte. Verwundert und mit einem leicht irritierten Gesichtsausdruck starrte sie ihn an. Das blieb nicht ganz unbemerkt. So erklärte er ihr, dass ihn das Gebiss beim Essen einfach störte und eine Suppe könnte man ja eh schlürfen. Er grinste sie, fast zahnlos, kurz an, zwinkerte und gönnte sich den ersten Löffel.

Tante Helga schüttelte sich kurz, beschloss dann aber, sich auf ihr eigenes Süppchen zu konzentrieren und das war eine gute Idee, denn Suppe schmeckte ihr am besten, solange sie noch heiß war. Diese war schon sowieso nur noch warm, also musste sie sich beeilen.

Nach dem Mittag gönnte sich Tante Helga, wie auch viele der anderen Urlauber, ein kleines Schläfchen zur Erholung. Danach war Bingonachmittag. Den Spaß wollte Tante Helga heute, gemeinsam mit Hildegard, Lydia und Co. mitmachen. Dafür legte sie nicht nur ihre gute Perlenkette an, sondern auch ihre Uhr, die sie ansonsten meist nur in ihrer Handtasche spazieren trug.

Heute musste sie ja die Uhr im Blick haben, um rechtzeitig ihre Freundin Hilde zu empfangen, wenn sich die beiden nach so langer Zeit endlich wieder treffen würden. Da wollte sie sie keinesfalls warten lassen.

Gerade hatte Tante Helga im Bingo eine Glückssträhne und ihr Stift kam kaum zur Ruhe, da fiel ihr Blick auf ihr linkes Handgelenk. Nun war doch allmählich Eile geboten. Hilde war zum Glück noch nie überpünktlich gewesen. Uhrzeiten mit Verabredungen waren in ihren Augen vielmehr Richtwerte, als feste Vereinbarungen. Also waren 10 oder 15, manchmal auch 20 Minuten Verspätung gar kein Thema. Nach so vielen Jahren Freundschaft redete man über die paar Minuten Wartezeit gar nicht.

Sie waren für 15 Uhr verabredet und schon fünf nach drei kam die Hilde um die Ecke gebogen, mit Handtasche in der Armbeuge, mit Sonnenbrille auf der Nase und mit flottem Schritt. Wenn man sie so betrachtete, konnte man im ersten Moment wirklich nicht glauben, dass sie auch schon 82 Jahre jung war. Tante Helga sagte immer, man sähe ihr an, dass sie sich ihr Leben lang schonen konnte. Ja, sie hatte dank ihrer wohlhabenden Familie und ihrer durchaus guten Partie, welche sie geheiratet hatte, eigentlich schon recht früh ausgesorgt. Doch das alles war nicht entscheidend. Entscheidend war, sie hatte viel Humor und war einfach auch ein Pfundskerl zum Pferde stehlen.

Die beiden Freundinnen umarmten sich herzlich und schnatterten erst mal drauf los, alles durcheinander, aufgeregt und schon fast übersprudelnd an Informationen.

Nach ein paar Minuten beschlossen sie, ihr Gespräch im Café des Domizils auf der Sonnenterrasse fortzusetzen. Hier konnte man gemütlich einen Malzkaffee nach dem anderen genießen und dabei all die Neuigkeiten und Erlebnisse aufarbeiten, die sie in letzter Zeit beim jeweils anderen verpasst hatten.

Hilde war nun mit Margot und Günther auf Kreuzfahrt gewesen. Das wolle sie unbedingt bald wieder wiederholen, allerdings ohne den Günther, der wohl laut Hilde, noch immer ein ziemlich schlimmer Finger sei und dessen Hand beim Tanzen immer wieder auf ihren Hintern gewandert sei. Das sei ja früher immer mal ganz lustig gewesen, aber nun einfach etwas unpassend, denn bei den Tänzchen mit Margot klebte seine Hand auch an deren Po. Nun, darauf hatte Hilde ja nun auch so gar keine Lust. Also hatten Hilde und Margot beschlossen, beim nächsten Mal nur zu zweit oder zumindest als Frauenrunde zu verreisen.

Günther war schon früher ein ziemlicher Herzensbrecher. Er hatte sehr viele Freundinnen bzw. Damenbekanntschaften und man konnte ihm nicht absprechen, einen besonderen Charme zu besitzen. Doch nun, rückblickend, fragte man sich, ob er nicht eigentlich einsam sei. Er war nie verheiratet und nie lange liiert, hatte kaum noch Familie, nur einen Cousin, mit dem er sich regelmäßig im Wechsel stritt und vertrug. Gründe dafür gab es immer in ausreichender Menge, man musste nur lange genug suchen. Doch darin hatten die zwei reifen Herren ausreichend Erfahrung über die Jahre.

Doch nun zurück zu Hilde und Tante Helga. Hilde sah tatsächlich sehr erholt aus. Mit vielen Worten schil-

derte sie, nein vielmehr besang sie die Mittelmeer-
kreuzfahrt. Etwas neidisch lauschte Tante Helga ihren
Ausführungen und nur eine Stunde später war beschlossen, wenn Tante Helga wieder fit und mobil
war, wollte sie bei der nächsten Kreuzfahrt nicht nur
davon hören, sondern dieses Abenteuer auch wieder
einmal miterleben.

Das war doch eine tolle Motivation, nun täglich die
sportlichen Übungen mit ihrem neuen Ferrari zu wiederholen, um dann in einiger Zeit auch wieder ganz
ohne Hilfe flotten Schrittes die Welt zu erobern, oder
zumindest den Stadtpark.

Auch Hilde war bereits von Adelgunde über ihre neue
Liebe in Kenntnis gesetzt. Doch wenngleich Hilde
dieses junge Glück nicht so kritisch hinterfragte, wie
Tante Helga, so fand auch sie die Eile und die Verän-
derungen von Adelgunde etwas seltsam. Gemeinsam
beschlossen sie also, dass die Idee eines gemeinsamen Kaffeeklatsches in der Stadt eine gute sei, aber
man sollte die Runde doch ggf. noch etwas auswei-
ten.

Die beiden Freundinnen tauschten noch so einige
Neuigkeiten aus und verabschiedeten sich am frühen
Abend, mit dem Versprechen, sich bald wieder zu
treffen.

Als Tante Helga wieder auf ihre Etage kam, waren ihre Miturlauber schon fast fertig und satt. Gleich würde das Abendessen abgeräumt werden.

Gerade noch rechtzeitig gesellte sie sich zu den anderen und berichtete hocherfreut von ihrem schönen Nachmittag. Die meisten freuten sich sichtlich mit ihr und hörten aufmerksam zu. Lydia allerdings war allem Anschein nach nicht so erfreut. Kaum hatte Tante Helga begonnen, ihre Freude über den Besuch ihrer lieben Freundin zu erwähnen, verabschiedete sich Lydia schon und ging auf ihr Zimmer.

Hildegard hingegen nahm ihr Morle auf den Schoß, um es zu streicheln, während sie Tante Helgas Ausführungen gespannt lauschte. So schrullig Hildegard vielleicht auch schien, so herzlich war sie auch und einfach positiv eingestellt.

Als sie dann nur noch zu zweit dort saßen und das Essen schon abgeräumt war, spürte Tante Helga, dass sie noch nicht satt war. Zum Glück wusste sie ja, dass im Kühlschrank noch drei Gläser ihres Lieblingsjoghurts für sie gelagert waren. Also bat sie Pfleger Bernd, doch bitte einen Joghurt zu bringen. Er rief ihr vom offenen Kühlschrank zu: „Vanille oder Himbeergeschmack?" Tante Helga drehte sich zu Bernd um und sah ihn mit einem prüfenden Blick an. „Da muss noch ein Erdbeerjoghurt sein!" rief sie ihm zu. Doch Bernd untersuchte nochmals den Kühlschrank. Ein Glas fehlte.

Vielleicht hatte ja Tom eine Erklärung dafür und so beschloss Tante Helga, abzuwarten, was er am nächsten Tag dazu sagen würde. Vielleicht hatte er auch ein Glas woanders verstauen müssen.

Für heute ließ Tante Helga sich den Himbeerjoghurt schmecken und ging schon früh zu Bett, um am nächsten Tag frisch starten zu können.

Der neue Urlauber

Der Wecker klingelte. Tante Helga ließ sich neuerdings von ihrem Wecker wecken, 10 Minuten bevor die Betreuer hier ihre morgendliche Begrüßungsrunde liefen. So konnte sie in Ruhe wach werden, bevor die ihr eigentlich fremden Menschen ihr Zimmer betraten.

Gerade hatte sie sich den Ferrari ans Bett gezogen, da kam auch schon die Morgenschwester herein. Das tat sie mit einem fröhlichen „Guten Morgen" auf den Lippen. Tante Helga wollte es an diesem Morgen alleine probieren, schon mal die erste Trainingseinheit zu absolvieren. Das hatte dann doch nicht geklappt. Zum Glück war sie ein paar Minuten zu langsam und hatte den Ferrari nur ran gezogen, aber bisher noch nicht die ersten Schritte absolviert, sonst hätte die Morgenschwester vermutlich leichte Probleme mit ansteigendem Blutdruck bekommen. Tom hatte sie ja ausgiebig belehrt, dies in den kommenden Tagen nur mit Hilfe und Anwesenheit von ihm oder seiner Kollegen zu tun, damit sie nicht wieder fallen und so den Aufenthalt hier nur unnötig verlängern würde.

Doch dann galt es, zu zweit sportlich in den Morgen zu starten. Direkt nach dem ersten Weckruf betrat auch gleich Tom ihr Zimmer, um ihr sportlich ins Bad zu helfen. Nur zwanzig Minuten später saß sie hungrig am Frühstückstisch.

Ihr gegenüber saß der neue Urlauber Kurt, der natürlich wieder den Störfaktor Gebiss zum Essen neben den Teller auf sein Tablett ablegte. Zum Glück war er ja hier nur für zwei Wochen untergebracht. Denn dieser Anblick irritierte Tante Helga etwas und war auch nicht förderlich für ihren Appetit. Andererseits war Kurt an sich ein lustiger, sehr kommunikativer und sympathischer Geselle.

Mit dazu gesellten sich Lydia und der ruhige Franz. Er sprach wirklich bisher kaum. Doch als das Essen auf den Tisch kam, waren sie erst mal beschäftigt. Auch der Rest der Urlauberschaft trudelte nach und nach noch ein. Es war ein heiteres Frühstück, mit angenehmen Gesprächen. Nur Lydia keifte ein wenig umher, angefangen von der Kritik an Kurts ungeputztem Gebiss, über den ihr zu fetten Quark zum Frühstück oder das ihr zu trockene Brot, Hildegards Verbrauch von insgesamt vier Scheiben Käse zum Frühstück oder aber den Wettervorhersagen für den heutigen Nachmittag.

Ja, wenn man wollte, konnte man ja an so ziemlich allem etwas aussetzen.

Doch Tante Helga ließ sich die Laune nicht verderben. Heute am frühen Nachmittag wollte Bella sie besuchen kommen. Auch Tom wollte heute länger bleiben, um nach Feierabend mit den zwei Damen in der SOKO Sonnyboy gemeinsam Strategien zu entwickeln. Es versprach also, ein lustiger und vielleicht auch spannender Nachmittag zu werden. Da konnte am Frühstückstisch meckern und mäkeln, wer wollte.

Doch nun, nach dem Frühstück, freute sie sich schon sehr auf die morgendliche Runde durch den Park mit Tom und das Zigarettchen zur Entspannung. Als sie auf ihrer Bank angekommen waren, erkundigte sie sich bei Tom, ob er ihr etwas zum Verbleib des dritten Joghurtglases erzählen konnte. Doch er wusste nichts. Er berichtete Tante Helga, dass er alle drei Gläser nebeneinander dort im Gemeinschaftskühlschrank verstaut und auf jeden Deckel ihren Namen geschrieben hatte, um Verwechslungen vorzubeugen.

Da ja nun aber nur noch ein Glas da war, bat sie später am Vormittag Bella, ihr bitte Nachschub von ihrem Lieblingsjoghurt im Glas mitzubringen.

Kurz nach ihrem Nachmittagsschläfchen, Tante Helga kam gerade wieder in die Gänge, klopfte es auch schon an ihre Türe. Bella war da.

Sehr schön war, Bella hatte sogar Kuchen mitgebracht und so machten es sich die beiden am Balkon bequem. Kurz darauf gesellte sich auch Tom dazu. Bella hatte auch den Auftrag ausgeführt und ganze sechs Gläser Joghurt für ihre liebe Tante im Gepäck.

Tom verstaute schnell den Joghurt im Kühlschrank und dann wurde gelacht, Kuchen gegessen und Strategien entwickelt.

Am frühen Abend wollte Tante Helga, dann ihre Freundin Adelgunde anrufen. Leider war dieser Versuch nicht erfolgreich. So beschloss sie, es einfach am nächsten Tag erneut zu versuchen.

An diesem Abend waren die meisten Urlauber recht müde. Heute Nachmittag waren fast alle beim Rentner-Sport. Vermutlich hatte der junge neue Yogatrainer die Damen hier so sportlich motiviert, dass sie sich das nicht entgehen lassen wollten.

Nun waren die Damen rundum müde, hatten scheinbar schwere Arme und schwere Beine und, was besonders auffällig war, wenige Worte. Doch das letztere war auch durchaus an der einen oder anderen Stelle für Tante Helga recht erholsam.

Heute saß Tante Helga zum ersten Mal neben dem stillen Franz. Ob es nun daran lag, dass der Rest der Besatzung so müde und erschöpft war, oder ob er heute einfach mal Lust auf Kommunikation hatte, er sprach. Er erzählte, dass er einer der wenigen sei, die dauerhaft hier auf dieser Etage wohnten, zusammen mit Hildegard und Lydia. Er sei sein Leben lang mit der Arbeit verheiratet gewesen und so zwar erfolgreich, aber ohne Frau in Rente gegangen. Seine Frau hatte sich, und dafür hätte er vollstes Verständnis, nach einigen Jahren Ehe einen Mann gesucht, der auch, im Gegensatz zu ihm, Zeit für sie hatte. Dennoch sei er ein Esel gewesen, sie nicht aufzuhalten.

Er hatte eine gut gehende Kanzlei und Detektei. Oh, das war ja für Tante Helga eine äußerst interessante Information. Eine Überwachungsfirma. Deshalb war er wohl so ruhig und beobachtete viel, ohne es zu kommentieren. Tante Helga war neugierig. Dennoch beschloss sie, ihn diesbezüglich nicht, zumindest noch nicht, in die SOKO Sonnyboy zu involvieren.

Doch vielleicht wusste er ja, wer ihren Joghurt gegessen hatte. Da Tante Helga aber nicht albern erscheinen wollte, sagte sie auch hierzu nichts.

Dennoch unterhielt sie sich sehr gut mit ihm und war überrascht über all die Anekdoten, die er zum Besten gab.

Auch an diesem Tag fiel Tante Helga förmlich ins Bett.

Zahnverlust

Der nächste Morgen begann mit einem üppigen Frühstück. Schwester Ursula hatte Geburtstag und so gab es für jeden noch einen Muffin zusätzlich. Alle unterhielten sich angeregt, ob über das Wetter, die Nachrichten, die anstehenden Termine, die Rückenschmerzen oder die gestrigen Yogaübungen für Anfänger.

Doch einige Zeit, nachdem die Tabletts abgeräumt waren, fiel Kurt auf, dass nicht nur sein Tablett, sondern auch sein Gebiss abgeräumt waren. Das gefiel ihm gar nicht. Denn wenngleich die Dritten beim Beißen störten, so hatte er sie ansonsten doch gerne bei sich und besonders beim Sprechen auch im Mund. Das sah ja ohne diese nicht sonderlich ästhetisch aus. Ein wenig eitel war Kurt schon noch, nur nicht beim Essen.

Aufgeschreckt lief er zur Küche, um dort sein Tablett aufzuhalten. Doch es waren bereits alle Tabletts abgeräumt und gereinigt. Alle Teller und Bestecke waren in der Spülmaschine und keiner hatte ein Gebiss darauf gesehen. Verwundert und erschrocken sahen sich alle in der Küche an und um und begannen sogleich, aufgeregt die vermissten Zähne zu suchen. Ohne diese hatte Kurt leider nur noch ganze vier eigene Zähne.

Aber auch nachdem sämtliche Besteckkörbe, Tabletts und sogar der Mülleimer sorgfältig durchsucht wurden, war von Kurts Gebiss nichts zu sehen.

Enttäuscht und aufgeregt ging Kurt zurück zu den anderen. Auch hier hatte keiner etwas gesehen.

Kurt beschloss, zuhause sein Ersatzgebiss zu holen. Schwester Ursula versprach, nach dem Mittagessen mit ihm zu seinem Wohnhaus zu fahren, das ja leer stand, solange er in Kurzzeitpflege und sein Sohn mit Familie im Familienurlaub war.

Diese Stunden ohne sein Gebiss kamen ihm sehr lang vor, da er einfach gerne redete und ohne die Dritten fühlte er sich dabei so unwohl, dass er die Zeit versuchte, statt mit Anekdoten aus seinem Leben zum Besten zu geben, ein Buch zu lesen. Diese Idee war ja eigentlich nicht schlecht, aber wenn man doch viel lieber redete, als zu lesen, konnte auch damit die Zeit sehr laaange werden.

Kurz nach dem Mittagessen, die meisten hatten sich zu einem Schläfchen zurückgezogen, stand er schon ganz aufgeregt parat.

Schwester Ursula schnappte ihre Handtasche und dann fuhren die zwei los.

Kaum hatte das Navigationsgerät getönt: „Sie haben Ihr Ziel erreicht!", so war Kurt ganz entsetzt. Die Haustüre stand offen, es parkten zwei Handwerkerbusse auf dem Hof. Ja konnte das denn sein? Tarnten sich Diebe nun als Handwerker und räumten fremder Leute Häuser einfach leer?

So eilig er konnte, lief er zur Haustür, Schwester Ursula eilte hinterher. Kurt war noch recht flink, stellte auch sie hierbei überrascht fest. Auf dem Weg zur Türe rief er Schwester Ursula aufgeregt zu „Ruf die Polizei! Schnell! Hier sind Diebe zugange! Die rauben mein Haus aus!"

Dann hielt er plötzlich inne. Noch hatte ihn keiner gesehen. Rückzug. Er war ja nun nicht mehr der sportlichste Kampfpartner. So beschlossen sie, aus dem sicheren Kleinwagen von Schwester Ursula die Polizei zu verständigen.

Sein Puls lief Marathon und ihrer auch. Nur Minuten später bog ein Polizeiwagen in die Straße ein. Stolz, die Täter auf frischer Tat ertappt und so schlimmeres verhindert zu haben, folgten die zwei langsam den Polizeibeamten.

Doch dann kamen zwei kräftige Männer, bepackt mit Koffern aus dem Haus. Es waren Werkzeugkoffer. Oh, diese Diebe gaben sich offenbar heutzutage große Mühe, um den Schein zu waren. „Da wird die Tarnung ja sehr ernst genommen!" rief Kurt erbost.

Nun belogen die auch noch tatsächlich die Polizisten und behaupteten, sie seien von Herrn Knörz beauftragt worden, Heizung und Malerarbeiten in der Einliegerwohnung zu erneuern.

Kurt Knörz traute seinen Ohren kaum?! Was sagten die zwei? „Nein, ich bin Herr Knörz! Das wüsste ich aber!"

Doch dann verstand er. Sein Sohn ließ während seiner Abwesenheit endlich die Macken der alten Heizung in Kurts Wohnung beseitigen und die Wohnung gleich noch etwas aufhübschen. Das war ja eine sehr nette Geste.

Er bat die beiden Handwerker, nichts zu verraten, entschuldigte sich für den Irrtum bei der Polizei, holte sein Ersatzgebiss aus seinem Schlafzimmer, lobte dabei die fleißigen Gesellen und erklärte ihnen, wie er hier alles aufgebaut hatte.

Doch dann verwies Schwester Ursula auf die Uhr und ihren schon längst angebrochenen Feierabend. Eilig zog er wieder mit ihr von Dannen, denn er wollte weder ihren wohlverdienten Feierabend noch die Überraschung seines Sohnes kaputt machen.

Ach wie freute er sich doch, dass er so einen guten Sohn hatte. So manchmal hatte er gezweifelt, ob es zu früh gewesen sei, ihm schon Haus und Hof zu überschreiben, da es doch hin und wieder auch mal zu Reibereien kam. Doch nun wusste er, sein guter Junge meint es ja auch gut mit ihm.

Die beiden waren zum Glück mit seinen Dritten rechtzeitig genug zurück, damit er noch eine Runde durch den Park spazieren konnte, bevor das Abendessen aufgebaut wurde.

So hatte er Gelegenheit, sich noch auf die Parkbank am See zu setzen und die Enten zu beobachten.

Dabei schlief er ein. Erschrocken wurde er einige Zeit später wach, als Hildegard ihn von hinten anpiekste. Gerade noch früh genug, damit die beiden gemeinsam den gedeckten Tisch zum Abendessen erreichten, bevor die restlichen Urlauber die Wurstplatten leergefegt hatten.

Heute Abend hatte Kurt einige Neuigkeiten und seine daraus geschlossenen Resultate zu berichten. Die Begeisterung und auch der Neid am Tisch waren groß. Voller Vorfreude sehnte Kurt die Rückkehr seiner Familie und noch viel mehr die Fertigstellung seiner Wohnung herbei und den Moment, in dem er überrascht tun konnte, wenn er seine renovierte Wohnung betreten würde.

Lydia hingegen war damit beschäftigt, den hohen Käsekonsum von Hildegard zu kritisieren und eine Abstimmung für mehr Salat zum Abendessen anzuregen. Auch sie betonte an diesem Abend mal wieder mehrfach, wie stolz sie auf ihre erfolgreichen Kinder sei. Dabei fiel Tante Helga auf, dass sie in der Zeit, in der sie nun hier war, noch keinen Besuch für Lydia bemerkt hatte. Das tat ihr aufrichtig leid. Aber sie sagte nichts dazu, um Lydia nicht in Verlegenheit zu bringen.

Joghurtdiebe

Nach dem Essen wollte sich Tante Helga wieder einen leckeren Joghurt gönnen. Doch zu ihrem Entsetzen fehlte nun schon wieder ein Joghurt, obwohl auf jedem Deckel mit Filzstift ihr Name deutlich zu lesen war. Das konnte ja wohl nicht wahr sein! Hier gab es Mundraub! Dem musste ja ganz eilig auf den Grund gegangen werden!

So beschloss Tante Helga, diesen Diebstahl aufzuklären und den Täter auf frischer Tat zu entlarven.

Doch wie sollte das gelingen?

Am Abend fand Tante Helga keinen Schlaf. Die aktuellen Themen wühlten sie zu sehr auf und es beschäftigte sie, wer ihr ihren Joghurt hier nicht gönnte. Als sie um 0.23 Uhr noch immer kein Auge zu getan hatte, nahm sie ihren Rollstuhl und erkundete erst mal die Etage, fuhr in die Gemeinschaftsküche und zählte ihre Joghurtvorräte nach. Noch war der Rest vollzählig, also bisher war kein weiteres Glas verschwunden.

Um 3.40 Uhr schreckte sie dann im Bett auf. Nun hatte sie endlich etwas schlafen können und dann kamen Geräusche aus dem Flur. Das wollte sie untersuchen. War hier die Joghurtmafia zugange?

Nur Minuten später saß sie, mit Regenschirm zur Selbstverteidigung bewaffnet, im Rollstuhl und war unterwegs auf Erkundungstour.

Am Flur angekommen, vernahm sie ein Klirren aus der Küche. Langsam pirschte sie sich mit eingezogenem Kopf auf ihrem rollenden Flitzer heran. Gespannt, was sie da um ihren Schlaf brachte und ob sie jetzt einen Joghurtdieb überführen würde, rollte sie geduckt in die Tür. Doch dort war kein Dieb. Es war die Nachtschwester und der Hausmeister beim nächtlichen Kaffee.

In dem Moment fiel die Anspannung von Tante Helga ab und so konnte sie auch den in der gehobenen Faust gehaltenen Regenschirm wieder bequem in den Schoß legen.

Sie wünschte den beiden Nachteulen noch eine angenehme Schicht und verabschiedete sich mit einem „Gute Nacht" gähnend Richtung Bett.

Am nächsten Morgen ertönte der Wecker, doch Tante Helga ignorierte ihn mit einem leisen konsequenten Schnarchen. Dabei ließ sie sich dann erst vom Weckruf der Morgenschwester wecken, wenngleich sie das an diesem Tage doch als recht unsanft empfand. „Das kann doch nicht sein. Ich fühle mich, als hätte ich die halbe Nacht nicht geschlafen." Dann blickte sie förmlich ertappt nach oben zur Decke und ihr wurde bewusst… Oh, das hatte sie ja auch nicht.

An diesem Morgen war sie die letzte, die mit knurrendem Magen am Frühstückstisch ankam. Heute brauchte sie bestimmt zwei Tassen von diesem dünnen Kaffee, von dem man sicherlich keinen Herzinfarkt bekommen konnte.

Nach dem Frühstück war sie heute auch fast zu müde für die morgendliche Tour durch den Garten. Doch die Freude und die Sehnsucht nach einer Rundfahrt an der frischen Luft war dann doch größer als die Anziehungskraft der kuscheligen Bettdecke.

Als sie nach der kleinen Rundfahrt und der Morgenzigarette zurück aufs Zimmer kamen, saß dort so früh am Morgen schon Besuch. Tante Helgas kleiner Bruder, der erst junge 76 Lenze zählte, und seine Frau warteten schon auf sie, bepackt mit den neuesten Klatsch- und Tratsch – Zeitschriften, einem Korb voll Obst, Gemüse, Säften und Joghurt. Ach war das eine schöne Überraschung. Doch im ersten Moment hoffte Tante Helga nur, die beiden würden den Qualm in ihren Kleidern von der Morgenzigarette gerade eben nicht riechen.

Doch die Sorge war unbegründet. Hier roch so früh am Morgen für die beiden Besucher alles noch etwas ungewohnt und anders.

Die Beiden hatten auch in Tante Helgas Wohnung mal nach dem Rechten gesehen, ein paar andere Kleidungsstücke und das Bild von ihr und ihrem verstorbenen Mann, welches im Schlafzimmer stand, mitgebracht. Das freute Tante Helga sehr.

Tante Helgas Bruder Franz und seine Frau Lore versprachen, schon in ein paar Tagen wieder zu kommen. Mensch, das mit dem Besuch lief ja hier recht gut. Immer wieder kam jemand vorbei. Auch das Essen machte keine Arbeit. Die Mahlzeiten standen immer pünktlich am Tisch, über die Auswahl der Speisen, den Abwasch und die Lagerung der Vorräte musste man sich als Urlauber hier keine Gedanken machen. Aus dieser Perspektive hatte es tatsächlich etwas von Urlaub & Erholung.

Allerdings vermisste Tante Helga trotz der Annehmlichkeiten und trotz des Bündnisses mit Tom ihre Unabhängigkeit und ihre eigene Wohnung, in der sie frei entscheiden konnte, was sie tat und wann sie ihren Morgenkaffee aus richtigen Kaffeebohnen genoss.

Diesen Abend ließ Tante Helga ruhig und alleine ausklingen, sie schaute immer wieder das Bild an, erzählte ihrem Mann beim Anblick des Fotos, wie sie sich fühlte und wie sehr sie sich auf ihr Zuhause freute. Doch sie erzählte auch, wie gut es ihr tat, trotz der körperlichen Handicaps wieder zu empfinden, zurück im Leben zu sein.

Beim Lesen der aktuellen Klatschblätter fielen ihr dann doch die Augen zu und so schlief sie in ihrem Lesesessel fest ein. Auch in dieser Nacht wurde sie dann gegen 4 Uhr durch Geräusche vom Flur geweckt. Da sie ja noch immer nicht wusste, wohin die vermissten Joghurt verschleppt wurden, wollte sie zur Sicherheit auch heute den nächtlichen Geräuschen nachgehen.

Erneut kamen die Geräusche aus der Gemeinschaftsküche und auch in dieser Nacht bog Tante Helga um die Ecke, bewaffnet mit ihrem Regenschirm. Doch auch heute hatte sich hier die Nachtschwester einen Kaffee gekocht und genoss mit dem Hausmeister ihren kleinen koffeinhaltigen Muntermacher.

Wieder wünschte Tante Helga den beiden eine angenehme Nacht und einen guten Kaffee und rollte wieder zurück in ihr Zimmer. Nur nach Minuten schlief sie wieder, tief und fest, bis der Wecker ertönte. An diesem Morgen hörte sie ihn, verspürte aber durchaus etwas Trennungsschmerz beim Abschied von ihrer kuscheligen warmen Decke.

Beim Frühstück fiel ihr auf, das Kurt aß, allerdings nun mit seinen Zähnen. Er hatte wohl so große Angst, seine Dritten könnten nochmals verloren gehen, dass er dieses Gebiss sogar zum Essen im Mund behielt. So war es, auch wenn es ihn beim Kauen etwas störte, für die anderen durchaus angenehmer.

Diese morgendlichen Runde durch den Park und die Zigarettenpause wurden heute verlängert, denn heute brauchte es zwei Zigaretten, um die aktuellen Neuigkeiten ausreichend zu besprächen. Während Tante Helga langsam das Gefühl hatte, wach zu werden, fiel ihr auf, sie kam gestern gar nicht dazu, noch mal bei Adelgunde anzurufen. Das holte sie nun umgehend nach.

Sobald sie am Zimmer war, wählte sie Adelgundes Nummer. Doch wieder erreichte sie nur den Anrufbeantworter.

Auch nach dem Mittagessen und nach dem Nachmittagsschläfchen versuchte Tante Helga erneut, ihre Freundin zu erreichen. Doch leider blieben auch diese Versuche ohne Erfolg.

Gerade wollte sie es noch einmal probieren, da klopfte es an ihre Türe. Das konnte ja kaum wahr sein. Das war wohl Gedankenübertragung. Dort stand eine strahlende Adelgunde, in der Hand ein Fläschchen Sekt und Pralinen. Nun, so machte Wiedersehen noch mehr Freude!

Doch die Freude war nur von kurzer Dauer. Kaum hatten die beiden Freundinnen die Sektflasche geöffnet und die Pralinen hübsch auf einer Schale dekoriert, da klopfte noch jemand an der Türe. Es war der Heimleiter. Er wollte Tante Helga zu ihren nächtlichen Erkundungstouren befragen. „Liebe Frau Wolke, kann es sein, dass Sie schlecht träumen oder eine sehr rege Phantasie haben? Erbost klärte Tante Helga ihn mit klaren Worten auf: „Ich bin durchaus noch ganz richtig im Oberstübchen! Ich bin durch die Geräusche in der Küche wach geworden. Da kann man ja mal nachsehen, was da los ist und außerdem stellt sich ja die Frage, wer hier ständig meinen Joghurt verdrückt, ohne mich zu fragen. Da kann man ja wohl mal nachsehen!" „Nun, ich bin mir sicher, hier kommt nichts weg. Vielleicht sollten Sie abends noch eine Tablette zur Beruhigung bekommen, damit Sie ungestört schlafen können. Vielleicht sollten Sie auch mal mit unserem erfahrenen Arzt sprechen. Vielleicht spielt Ihnen Ihre Phantasie manchmal etwas vor."

Na so weit sollte es nicht kommen! Tante Helga nahm keinesfalls irgendwelche Schlafmittelchen und das Gespräch mit dem Arzt würde absolut nicht stattfinden! Nein, nein!

Nach diesem Gespräch war klar, sie musste wohl andere Wege finden, um den Täter zu überführen. Da brachte Adelgunde sie auf eine sehr gute und amüsante Idee.

Der Grund, weshalb Tante Helga ihre Freundin Adelgunde in den letzten Tagen nicht erreichen konnte, war, dass sie kurzfristig mit ihrem Sonnyboy am Mittelmeer war. Dort hatten sich die beiden allerdings den Magen verdorben und die ersten beiden Tage mal mehr die wunderschönen Badfliesen ausdauernd bewundert, weil sie sich einfach nicht von der Toilette lösen konnten, statt die schöne Gegend und das Wetter genießen zu können. Adelgunde meinte, einen solchen Durchfall hätte der Joghurtdieb auch verdient. Sobald sie dies ausgesprochen hatte, mussten die beiden herzlich lachen. Das war ja die Idee!

Gleich am nächsten Tag wollte Adelgunde wieder vorbeikommen, mit einem Fläschchen Rizinusöl. Es war ja nicht so schwer, den Joghurt zu präparieren. Dann hieß es nur noch, auf Erfolg zu hoffen und abzuwarten.

Fakt war, in dieser und in den folgenden Nächten würde Tante Helga wohl wieder nachts das Bett hüten und nicht irgendwelchen Geräuschen nachgehen, um Joghurtdiebe zu überführen. Sie wollte ja nicht Gefahr laufen, als irre oder senil eingestuft zu werden. Schließlich funktionierte ihr Oberstübchen einwandfrei, auch wenn sie keinen Marathon mehr mitlaufen konnte. Ja und weiße Strickjacken hatte sie definitiv genug!

Doch wie versprochen kam am nächsten Morgen die liebe Adelgunde wieder vorbei und hatte ein Fläschchen Abführmittel in der Handtasche. Voller Schadenfreude für den Dieb lasen sie die Dosierungsanleitung und die Beschreibung der Wirkung. Nun, hier hieß es, man solle 8 Tropfen nehmen, doch wie genau sollte man das auf ein Glas Joghurt dosieren. Die beiden Damen beschlossen, einfach die halbe Flasche unterzurühren und so gute Chancen zu haben, den Täter zu überführen.

Noch waren vier Gläser von Tante Helgas Joghurt im Gemeinschaftskühlschrank. Da schnappte sich Adelgunde einfach alle vier Gläser unbemerkt und schaffte sie schnell ins Zimmer. Sodann schritten sie zur Tat und präparierten zwei Joghurtgläser mit je einer halben Flasche des kleinen Mittels, dass die Wahrheit ans Licht bringen und dem Dieb eine flotte Lektion erteilen sollte.

Die anderen beiden Gläser löffelten Tante Helga und Adelgunde genüsslich aus und tauschten dabei die neuesten Informationen aus.

Dennoch war da ja noch eine weitere, sehr wichtige Mission. SOKO Sonnyboy.

Daher lud Tante Helga Adelgunde und ihren Clemens als Dankeschön für die spontane Unterstützung in der Joghurtaffäre zum Kaffee in die Stadt ein. Den genauen Termin würden sie noch vereinbaren. Adelgunde freute sich über diese liebe Geste und auch auf die gemeinsame Zeit mit ihrer lieben Freundin und ihrem Verlobten.

Kurz bevor sie ging, verstaute Adelgunde die beiden präparierten Joghurtgläser noch im Gemeinschaftskühlschrank. Auch hier war gut sichtbar Tante Helgas Name am Deckel zu lesen.

Nun hofften die Beiden, den Dieb schnell überführen zu können.

An diesem Abend ging Tante Helga mit einem entspannten Grinsen zu Bett, in der Hoffnung, am nächsten Tag ohne Worte und Beschuldigungen die Lösung zur Joghurtaffäre zu erfahren.

Zur Feier des Tages, einfach weil sie ein gutes Gefühl hatte, der Lösung des Falls nahe zu sein, gönnte sie sich vor dem Zubettgehen noch zwei dieser leckeren Pralinen und ein Zigarettchen am Balkon.

Danach holte sie den verlorenen Schlaf der vergangenen Nächte nach.

Als am nächsten Morgen der Wecker ertönte, wurde sie mit einem neugierigen Grinsen wach. Sie war gespannt, wer wohl heute vielleicht immer mal zur Toilette eilen und so entlarvt werden würde. Gemein wäre natürlich, wenn der oder diejenige nicht eilig genug am stillen Örtchen ankäme, um dort zu tun, was zu tun war. Doch auf die eingeschränkte Mobilität des einen oder anderen möglichen Täters konnte sie doch in diesem Moment keine Rücksicht nehmen.

Neugierig war Tante Helga an diesem Morgen eine der ersten am Frühstückstisch. Nach und nach trudelten auch alle anderen ein. Allen schien es gut zu gehen. Unbemerkt bat Tante Helga Tom, nachzusehen, wie viele ihrer Joghurtgläser noch im Kühlschrank waren.

Es waren beide noch da. Ok. Dann musste sie sich wohl noch etwas gedulden.

Doch auch wenn Tante Helga bereits zarte 82 Jahre jung war, so war Geduld noch immer keine ihrer Stärken.

Aber eine Maus geht ja nicht immer gleich in die Falle und dann, wenn man gerade nicht daran denkt, schnappt die Mausefalle zu.

Doch sich darum zu viele Gedanken zu machen, dafür hatte Tante Helga nun keine Zeit. Die Türe ging vorsichtig auf und herein kam Bella, mit glasigen Augen, roten Wangen und einem Taschentuch in der Hand. Es gab also nun wirklich wichtigere Dinge als Joghurtdiebe zu entlarven.

Was war nur mit Bella los? Kaum hatte sie die Türe hinter sich geschlossen und lief auf Tante Helga zu, kamen ihr schon wieder die Tränen. „Männer sind Schweine." schluchzte sie und setzte sich mit gesenktem Blick neben ihre Tante, die sanft ihre Hände auf die ihren lag.

Bella atmete tief durch und erzählte dann... sie war verknallt und hatte nun mit ihrem Schwarm schon ein paar Dates gehabt. Ach, Tante Helga war bis dahin von diesen Informationen ganz verzückt.

Doch nun hatte er, Ben, Bella mitgeteilt, dass er sein Leben genießen und Spaß haben wolle und doch nicht gleich die ganze Kuh kaufen wolle, nur um an Milch zu kommen. Tante Helgas Gesicht verzog sich zu einer Gewitterwolke, als sie das hörte. So ein kleiner Möchtegern Macho... dem sollte man mal die Ohren langziehen. Doch ganz klar war ihr, die kleine Bella, die ja gar nicht mehr so klein war, hatte doch etwas Besseres verdient, als einen solchen Hallodri.

Grund für diese Diskussion war, dass Bella ihn zufällig in der Stadt mit einer anderen jungen Frau beim Eis essen angetroffen hatte.

Aber wie konnte Tante Helga Bella nun wieder aufheitern? Wo gab es denn noch „Gute Jungs"? Tante Helga beschloss, es musste einfach mal Ablenkung her.

Ablenkungsmanöver

Also bekam Bella Aufgaben. Da sie sich ja freute, ihren noch so jungen Führerschein zu nutzen und mit dem kleinen Flitzer durch die Stadt zu jagen, dachte sich Tante Helga, man kann ja das Angenehme mit dem Nützlichen verbinden und Tante Helga wollte mal wieder raus. Also hieß es, ab in die Stadt, gemeinsam Cappuccino in der Sonne genießen, das Getümmel beobachten und die Passanten begutachten und, was wohl am meisten Spaß machen würde, auswerten und kritisieren.

Gesagt, getan. Flott war Tante Helgas Rollstuhl, mit dem sie schon recht gut umgehen konnte, im Kofferraum verstaut, die Perlenkette war umgelegt, Lippenstift aufgetragen, denn auch wenn man schon etwas älter war, konnte man ja auf sich achten, war Tante Helgas Motto. Die Handtasche war umgeschnallt und die bequemen Schuhe an, somit konnte es losgehen.

Die zwei machten sich einen lustigen Tag in der Stadt, Tante Helgas Karte glühte. Wozu hatte sie denn all das Geld, wenn sie sich damit nicht auch mal was Schönes gönnen sollte. Und so wurde die Marktwirtschaft an diesem Tag kräftig angekurbelt, ob Schuhe, die neuesten Trends der Boutiquen, Parfüm, auch vor Schmuck machten sie kein Halt. Zum Abschluss gab es noch eine tolle Tasche und dann zur Abrundung noch einen zweiten Cappuccino zum späten Nachmittag. Bella strahlte. So viele Tüten würden sicherlich neben dem Rollator nicht in den Kofferraum ihres kleinen Flitzers passen. Doch wozu war der Rücksitz gemacht? Richtig, um an Shoppingnachmittagen zum Reservekofferraum umfunktioniert zu werden! Die beiden sahen sich zufrieden und völlig erschöpft um und werteten ihre Tageserlebnisse gemeinsam aus. Da erblickten sie ein freundliches bekanntes Gesicht, welches direkt auf ihren Tisch mit der guten Aussicht zusteuerte. Es war Tom. Tante Helga bat ihn dazu. Für seine Schmuggeldienste hinsichtlich Zigaretten, Schnapspralinen und für die Joghurtüberwachung hatte er sich sicherlich mindestens auch einen großen Cappuccino zum Feierabend verdient.

Mehr und mehr zog sich Tante Helga aus diesem Gespräch etwas zurück und beobachtete mit Freude, wie gut sich diese beiden jungen Menschen zu verstehen schienen. Während sie die zwei so betrachtete, überlegte sie, wie sie es anstellen könnte, dass sie etwas gemeinsame Zeit miteinander verbringen könnten, um dem Ganzen Möglichkeit zu geben, zu werden, was sich Tante Helga erhoffte.

Doch dazu hatte Tante Helga noch viel zu wenig Hintergrundinformationen. Das musste sich schnellstmöglich ändern. Also nahm sie sich vor, am nächsten Morgen mal auf ihre ganz eigene, mitunter auch mal weniger dezente, Art und Weise zu erfahren, ob Tom denn eine Freundin hatte, ob er denn überhaupt auch auf Mädels stand und auf was genau und natürlich, ob er denn auch nur Milch oder eine ganze Kuh suchte.

Tante Helga, Adlerauge, hatte also eine weitere Mission. Ach, so eine rüstige Rentnerin hatte viele Missionen!

Als sie so beisammensaßen, besprachen sie noch ihren gemeinsamen Plan der Überführung des Sonnyboys. In ein paar Tagen sollte endlich der gemeinsame Kaffee in der Stadt stattfinden, wo sie sich diesen Burschen mal genauer betrachten wollten. Damit es nicht zu auffällig wäre, bat Tante Helga die beiden jungen SOKO – Mitglieder, dann einfach als Pärchen getarnt am Nachbartisch Platz zu nehmen. Damit könnten ja gleich zwei Fliegen mit einer Klappe geschlagen werden. Tante Helga fühlte sich wie in ihrem Element, Fäden ziehen und den Tag genießen.

Später, als Tante Helga zurück war im Pflegeheim, schaute sie erst mal im Gemeinschaftskühlschrank nach ihren präparierten Joghurtgläsern. Doch noch immer waren beide da. Das durfte ja wohl nicht wahr sein! Erst ärgerte sich Tante Helga über den Dieb, der ihr ihren guten Joghurt gestohlen hatte und quasi Mundraub betrieb. Nun ärgerte sie sich, dass er scheinbar gerade keine Lust auf Tante Helgas leckeren und so gut präparierten Joghurt hatte. Dumm nur, dass Tante Helga jetzt nur zu gerne einen ihrer Joghurts verdrückt hätte. Doch die Wirkung der beiden gelagerten Exemplare konnte sie nun wirklich nicht gebrauchen. So viele Abführtropfen, wie nun dort enthalten waren, würden ja vermutlich auch den Yeti aufs Klo verbannen.

Der nächste Morgen brach schon früh an. Es regnete wie in Strömen und Tante Helga hatte das Gefühl, jeden Knochen zu spüren. Das Altwerden machte bei Rheumawetter noch weniger Spaß. Natürlich war sie eigentlich recht fit, aber so manchmal zwickte es eben doch hier und da.

Bis sie dann endlich beim Frühstück angekommen war, waren die anderen dann auch schon fast satt. Die meisten hier waren ja tatsächlich Morgenmenschen und das, obwohl man doch nun endlich in einem Alter war, in dem man nicht mehr so früh aufstehen musste.

Modernisierungsmaßnahmen

Plötzlich wurde Kurt ganz ruhig. Er hatte sich die Samstagszeitung vom Ende des Tisches genommen, um zu schauen, was das Weltgeschehen machte und was es in der Stadt Neues gab. Auch die Todesanzeigen wurden analysiert und geprüft, ob man da jemanden kannte und welches Gebrechen die häufigste Todesursache war. Doch dann traute er seinen Augen kaum. Dort wurde im Immobilienteil eine Wohnung, eine Einliegerwohnung unter seiner Wohnadresse zum Mieten angeboten. Die Telefonnummer war die Nummer seines Sohnes. Kurt wurde ganz bleich und schnappte nach Luft. Eilig riefen die anderen am Frühstückstisch nach der Morgenschwester. Das durfte doch wohl nicht wahr sein! Gerade noch hatte Kurt sich so über die überraschende Renovierung seiner Wohnung gefreut und befunden, es war doch die richtige Entscheidung, Haus und Hof schon seinem Sohn zu übertragen. Doch nun, wurde er auf sehr unsanfte Art und Weise darauf aufmerksam gemacht, dass sein Sohn ihn wohl lieber loswerden und abschieben wollte, um fremde Menschen einziehen zu lassen, einziehen zu lassen in sein Haus!

Doch das konnte doch alles nicht wahr sein! Da musste es sich doch um einen Fehler handeln.

Das konnte einfach nicht wahr sein! Nein! Nein!

Nach zwei Stunden hatte sich Kurt wieder etwas beruhigt.

Franz, der ja bis dahin meist sehr ruhig und zurückhaltend war, klopfte vorsichtig an seine Türe. Leise schloss er diese dann auch wieder hinter sich. Kurt lag im Bett und starrte wortlos und starr an die Decke. Franz nahm sich einen Stuhl und setzte sich zu ihm. Ruhig erklärte er ihm, dass er eigentlich Anwalt sei und seine Kanzlei seinem Sohn übertragen hatte, seit er nicht mehr arbeiten konnte. Aber da er das Vorgehen am Frühstückstisch ja mitbekommen hatte, beschloss er, Kurt wenn möglich zur Seite zu stehen und mal ein paar Rahmendaten abzuchecken.

Zuerst fragte Franz, wie lange er denn hier einen Platz hatte, über welche finanziellen Mittel Kurt verfügte und wann er Haus und Hof und eventuell auch Gelder an seinen Sohn übertragen hatte.

Wie Franz im Gespräch erfuhr, war Kurts Sohn wohl ein ziemlicher Schmarotzer. Er lebte jahrelang auf Kosten seines Vaters, hatte vor sechs Jahren das Haus überschrieben bekommen und dazu hatte er sich auch sämtliche Arbeiten an der Außenanlage, am Dach und den Ausbau der Dachgeschosswohnung für seinen ältesten Sohn, also Kurts Enkel komplett von Kurt finanzieren lassen. Sogar die Autos liefen aufgrund der günstigen Versicherung auf Kurt.

Nun, lächelnd und zufrieden lehnte sich Franz zurück, zeigte mit dem Daumen nach oben und meinte beruhigend zu Kurt „Das bekommen wir hin.".

Doch was hatte er gemeint?

Franz fragte Kurt mit einem Zwinkern: „Willst du dein Haus wiederbekommen?"

Kurt setzte sich auf, zog die Augenbrauen zurück, ein vorsichtiges Lächeln zog durch sein Gesicht. „Ja, geht das denn?"

Nun, ganz so einfach würde es sicherlich nicht, aber einen Versuch wäre es wert.

Doch ein Schritt nach dem anderen.

Vorab müsste ja erst mal geprüft werden, ob ihre Annahme denn stimmte und irgendjemand müsste Kurts Sohn anrufen oder besser noch die Wohnung besichtigen und so beweisen, dass sie richtiglagen. Genau in diesem Moment betrat Tante Helga das Zimmer, um sich nach Kurts Befinden zu erkundigen. Spontan hatte sie natürlich eine zündende Idee. Sie wollte einfach Bella als potentielle Mieterin anrufen lassen, um einen Besichtigungstermin zu vereinbaren.

Gesagt, getan. Noch am selben Nachmittag vereinbarte Bella einen Besichtigungstermin für den kommenden Montag. Auch die anderen Bewohner wollten Kurt helfen.

Doch dafür war nicht so lange Zeit. Das Treiben wurde gestört. Die Tagesschwester kam herein und fragte, ob denn irgendjemand der Anwesenden Magen-Darm-Probleme oder gar Diarrhö hätte.

Alle schüttelten den Kopf.

Eifrig recherchierten die Anwesenden weiter. Inzwischen war fast die ganze Etage bei Kurt versammelt. Auch den Heimleiter hatte Kurt schon involviert. Tatsächlich hatte Kurts Sohn wohl beim Sozialamt sämtliche Anträge für die Kostenübernahme gestellt und das Heim langfristig gebucht, ohne ihn in irgendeiner Form bei dieser Entscheidung einzubinden.

Franz freute sich, mal wieder aktiv zu sein und erzählte umfangreich, dass das so einfach, wie sich das Kurts Sohn vorstellte, im wahren Leben aber nicht funktionierte.

Gebannt lauschten alle den Ausführungen des Herrn Anwalts Franz.

Kurts Sohn hatte leider nicht bedacht, dass das Haus weniger als 10 Jahre überschrieben war. Somit müsste es verkauft und für die Pflege und Unterbringung von Kurt verwendet werden. Weiter gehörten ja die Fahrzeuge der Familie auch auf dem Papier alle Kurt. Also könnte er auch diese für sich und seine Pflege verwenden. Doch wie sollte man das alles anpacken?

Kurt wollte nun nicht vor seinen Sohn treten. Er wollte ihm auch nicht ins Gesicht sehen.

Doch wozu hatte Franz denn seinen Sohn denn auch Anwalt werden lassen? Franz jun. hatte den Ruf, ein ebenso bissiger Hund wie sein Vater zu sein und den konnte man ja dann auf jeden Fall in die Spur schicken.

Motiviert und voller Aufbruchstimmung gingen alle zum Abendessen. Ja, nun hatten sie alle so heiß diskutiert und Pläne geschmiedet, das machte Hunger.

Jedoch beim Abendessen fehlte eine Person. Lydia war nicht dabei. Dabei fiel nun auf, dass sie schon am Nachmittag nicht dabei gewesen war.

Tante Helga fragte Pfleger Bernd, was denn mit Lydia sei. Sie habe sich den Magen verdorben und bliebe heute Abend vom Zimmer. In dem Moment witterte Tante Helga, dass die Mausefalle wohl zugeschnappt sei. Sie schickte den Pfleger, ihr doch bitte ein Glas Joghurt aus dem Kühlschrank zu holen. Er kam zurück und teilte ihr mit, dass leider kein Joghurt mehr da sei. Oh, etwas mitleidig wurde Tante Helga bewusst, dass es wohl möglich sei, dass Lydia nun zwei Gläser ihres Joghurts verputzt und somit eine ganze Flasche des Abführmittels intus hatte. Nun, damit wäre klar, dass sie heute und wohl auch am nächsten Tag nicht aus ihrem Zimmer, oder besser, kaum von ihrer Toilette kommen würde.

Warum hatte sie das wohl getan?

Immer wieder schwärmte Lydia von ihrer Familie, doch bisher hatte Tante Helga nicht einmal gesehen, dass sie Besuch gehabt hätte. Nun, hatte sie vielleicht etwas gegen Tante Helga und aß ihr deshalb die Joghurtgläser weg?

Tante Helga wusste es nicht, aber sie würde ihr morgen mal einen Krankenbesuch abstatten. Heute wollte sie sie erst mal zur Ruhe kommen lassen.

Dies war für alle Urlauber ein turbulenter Tag und so hatte Tante Helga bei all der Aufregung auf ihre morgendliche Runde im Park verzichtet.

Gerade, als Tante Helga zu Bett gehen wollte, klopfte es an ihre Türe. Wer sollte das senn noch so spät sein? Es war Franz. Er war noch etwas aufgewühlt, weil er heute mal wieder aus sich raus kam und wollte mit der aufgeweckten, schrulligen Lady mit Perlenkette und dem Analyseblick von Miss Marple noch ein Zigarettchen am Balkon rauchen und dabei den Tag mit einem angenehmen Gespräch ausklingen lassen.

Tante Helga war etwas verdutzt, als sie hörte „Darf ich eintreten?" Sie nickte.

Langsam betrat er das Zimmer und sah sich interessiert um. Auf der Kommode standen zwei Fotos, die Tante Helga sehr wichtig waren. Es waren Erinnerungen aus früheren Zeiten, ein Bild mit ihrem verstorbenen Mann und ein Bild zusammen mit ihrem treuen kleinen Weggefährten auf vier Pfoten.

Franz sah die Bilder einen Moment lang an und nickte, ging dann wortlos zu Tante Helga und setzte sich zu ihr.

In den vergangenen Wochen war ihr mehrfach aufgefallen, dass sie beim Kramen in ihrer Handtasche, die sie immer bei sich trug, hier und da ein Päckchen Zigaretten zur Seite rückte. Etwas verlegen musste Tante Helga schmunzeln, als er sie nun fragte: „Hätten Sie nicht Lust, mit mir gemeinsam heimlich am Balkon eine Feierabendzigarette nach diesem aufregenden Tag zu genießen?"

Die zwei unterhielten sich prächtig und es blieb nicht bei dieser einen Zigarette. Bis spät nach Sonnenuntergang genossen die beiden die frische Luft am Balkon. Vermutlich schliefen alle anderen schon lange tief und fest, als die beiden sich verabschiedeten. Zufrieden nach den ganzen Ereignissen des Tages fiel Tante Helga zu Bett.

Sie und Franz hatten sich vorgenommen, das unbedingt bald mal zu wiederholen.

Als sie nun so im Bett lag, kam Tante Helga die Idee, Franz in Mission Sonnyboy vielleicht einzuweihen und seine Kenntnisse dort eventuell zu nutzen. Doch dann verschob sie die Entscheidung dazu auf ein andermal.

Sonntagmorgen brach an. Heute war das große offizielle Kennenlernen von Adelgundes jugendlichem Freund. Gespannt auf diesen Tag und das Kennenlernen machte sich Tante Helga gerade zurecht zum Frühstück, da betrat Tom auch an diesem Sonntagmorgen ihr Zimmer, um ein paar Schritte frei zu laufen mit ihr zu üben. Ab morgen sollte ja dafür auch die Physiotherapie wieder unterstützen. Doch Tom hatte ebenso Sympathien für diese reife Lady wie auch sie für ihn und beiläufig fragte er sie bei der Gelegenheit, ob denn ihre Großnichte Bella schon einen Freund hätte.

Tante Helga war bei dieser Frage innerlich ja schon fast aus dem Häuschen. Das klang ja, als hätte er Interesse an ihrem süßen Sonnenschein. Doch wenngleich sie Fragen eigentlich am liebsten mit einer Gegenfrage beantwortete, so gab sie ihm hier eine kurze, aussagekräftige Information zurück. „Nein, nicht dass ich wüsste."

Er lächelte und die Augen leuchteten. Es schien also die Antwort zu sein, die er hatte hören wollen.

Doch nun ging Tante Helga etwas näher auf das Thema ein. „Warum fragst du?" – „Nur so." gab er ihr zur Antwort und zwinkerte keck.

„Hast du denn eine Freundin?" wollte sie dann wissen.

Ebenso präzise gab er die passende Information gebündelt mit einem „Nein." und einem breiten Grinsen an sie zurück.

Sie griff nach ihrer Handtasche, kramte einen Zwanziger heraus und steckte ihn Tom zu „Da, lad Bella zum Kaffee ein, wenn ihr am Nachbartisch mit spioniert." Er lächelte „Danke, aber den Zwanziger nehme ich nicht! Ich bezahle selbst. Wo kommen wir denn sonst hin?" bedankte er sich und gab ihr den Zwanziger direkt zurück. „Ich lade sie natürlich ein, aber von meinem Geld!"

Tante Helga entgegnete, er solle es als Honorar für seine Spionagehilfe sehen. Doch er lehnte ab, denn auch für ihn war diese Spionage und alles rund um diese lustige Tante Helga ein angenehmer frischer Wind im manchmal doch auch recht tristen Arbeitsleben hier im Pflegeheim.

Auch beim nächsten Frühstück war von Lydia noch keine Spur. Dabei erfuhren die anderen Urlauber, dass Lydia aufgrund der Schwere der Durchfälle wohl ins Krankenhaus verlegt worden war, um der Sache auf den Grund zu gehen. Es hieß, die Lage sei ernst. Sie hätte sich wohl einen schlimmen Infekt zugezogen.

Dabei bekam Tante Helga dann doch ein schlechtes Gewissen. So sehr sollte ihr Joghurtdieb ja dann doch nicht leiden. Aber wer konnte denn ahnen, dass eine

Person alleine so gierig war und vermutlich gleich zwei Joghurtgläser mit einmal verschlang? Bedenkt man, dass man eigentlich nur ca. acht bis zehn Tropfen des beschleunigenden Medikamentes hätte nehmen sollen und Tante Helga hatte großzügig pro Glas ein halbes Medikamentenfläschchen aufgeteilt, so konnte man tatsächlich etwas Mitleid bekommen.

Das würde Lydia vermutlich so schnell nicht wieder an anderer Leute Essen gehen lassen. Doch dazu musste sie ja einen kleinen Wink als Hinweis bekommen. Nur so konnte sie sichergehen, dass Lydia den Wink verstand, aber auch abchecken, ob sie denn die Gesuchte war.

Restlos war der Fall natürlich noch nicht aufgeklärt. Bisher lagen ja nur Indizien vor.

Also hatte Tante Helga einen zugegebener Maßen etwas fiesen und ironischen Plan. Um diesen durchzuführen, bat sie Tom, ihr doch bitte Montag zwei bis drei Gläser Joghurt mitzubringen.

Nach dem Frühstück nahm sich Tom wieder die Zeit, mit Tante Helga einen kleinen Spaziergang durch den Park zu machen. Als sie an ihrem Raucheridyll angekommen waren, fragte sie ihn, ob er denn auch keinen Ärger bekäme, wenn er mit ihr jeden Morgen eine kleine Viertelstunde Auszeit im Park nähme, denn mit anderen Urlaubern tat er dies ihrer Beobachtung nach nicht.

Er lächelte und meinte, das gäbe keinen Ärger, denn er macht mit ihr jeden Tag seine Frühstückspause. Ach, jetzt war Tante Helga ja ganz sprachlos vor Rührung. Da opferte dieser junge Kerl seine Frühstückspause, in der er sich ja auch erholen sollte, um mit ihr „alten Schachtel" zu reden, zu witzeln und eine Zigarette zu rauchen.

Diese Fürsorge und auch die Unterstützung ihrer kleinen Auszeit musste ja irgendwie belohnt werden. Zwar wusste sie noch nicht, wie sie das tun sollte, aber dass sie das wollte, war ab diesem Moment absolut Fakt.

Nach der kleinen Auszeit vergingen die kommenden Stunden recht ruhig und die Neugier auf den gemeinsamen Nachmittagskaffee und die Teilnehmer wurde immer größer. Kurz nach dem Mittagsschläfchen, welches heute vor Aufregung nur recht kurz war, kam auch Bella, um Tante Helga abzuholen und gemeinsam in die Stadt zu fahren.

Gerade hatte Tom seinen Feierabend eingeläutet und wollte sich elanvoll auf sein Rad schwingen, um in die Stadt zu fahren, da rief Tante Helga ihn gerade noch rechtzeitig zu sich, um ihn zu bitten, doch bitte auch im Auto mit zu fahren. So waren sie gleichzeitig und früh genug in der Stadt am verabredeten Café.

Tom willigte ein, stellte sein Rad zur Seite und stieg freudestrahlend in Bellas kleinen Stadtflitzer ein.

Am Café in der Stadt war schon ein großer Tisch in der Sonne reserviert und daneben noch ein kleiner für zwei Personen. Hier nahmen die beiden jungen Ermittler Platz.

Tante Helga war froh und stolz, dass sie den weiten Weg vom Parkplatz bis zum Café am Marktplatz ohne zu große Bemühungen hinter sich gebracht hatte. Als sie hier so saß, sich umsah, die Spaziergänger am Sonntagnachmittag beobachtete und die frische Luft genoss, freute sie sich darauf, bald wieder fit, oder zumindest genesen zu sein. Sie freute sich auf ihre Wohnung. Oh, dort müsste man sicher erst mal lüften und die Zeitungen stapelten sich sicherlich, dachte sie sich. Aber so schön dieser Rundumservice mit gedecktem Tisch und den Unterhaltungen mit den anderen Urlaubern und mit Tom auch waren, so war Tante Helga doch ein Mensch, der die Eigenständigkeit und die Erfüllung des eigenen Willens sehr schätzte. Ein selbstbestimmtes Leben war wichtig und das beinhaltete nun mal in ihren Augen auch, den Tagesablauf selbst zu bestimmen und seine Freiheiten zu genießen.

Gerade als Tante Helga völlig in Gedanken versunken war, den warmen Wind genoss, die Geräusche und das Treiben in der Stadt absolut genoss, trällerte Adelgunde schon fast direkt neben ihr zur Begrüßung. An ihrer Seite war neben der neugierigen Hilde ein stattlicher Herr mit sehr gepflegter Erscheinung. In

Jeans und blauem Hemd, kariertem Schal und einem gelben Pullover, lässig über die Schultern geworfen, begrüßte er Tante Helga mit festem Händedruck.

Sah so also ein Sonnyboy aus?

Kaffee und Analyse

Tatsächlich machte er einen recht sympathischen Eindruck. Er war sehr höflich, Adelgunde gegenüber sehr zuvorkommend, hatte gute Manieren und erzählte auf eindrucksvolle Weise von seinem Hund, seinem Leben, seinem Haus, seinem Rentnerdasein, seinen Interessen.

Er berichtete, gerne zu reisen, seine Zeit einfach zu genießen, gerne mal im Garten am Pool zu liegen, aber nicht, um zu schwimmen, sondern nur um ein gutes Buch zu lesen und zu genießen.

Garten...Pool... Seltsam... Tante Helga hatte bei dem Observationsversuch kürzlich gar keinen Garten mit Pool gesehen. Das musste also später hinterfragt werden.

Weiter berichtete Adelgunde voller Vorfreude, dass sie ja beide festgestellt hatten, eine tolle Gemeinsamkeit zu haben. Sie reisten beide sehr gerne. Daher war nun auch schon der nächste Urlaub gebucht. Die beiden frisch Verliebten wollten den Sommer im Süden etwas verlängern und im Herbst in den Süden fliegen. Clemens habe eine Finca auf Mallorca. Dort sei es einfach traumhaft schön, ruhig, aber doch in Stadtnähe und das Klima sei für etwas reifere Semester einfach so viel angenehmer, schwärmten die zwei Turteltauben.

Sicherlich hatten sie damit recht. Auch der Jungspund von 62 konnte durchaus beurteilen, dass mildes Klima angenehm ist, selbst wenn man sich nicht im Alter mit Arthrose und Co rumschlagen musste.

Hilde pflichtete seinen Erzählungen bei und war immer wieder sichtlich begeistert.

Doch wenngleich er viel von sich, seinem Haus mit Garten und Pool, von seinen Immobilien am Mittelmeer, von seinen Söhnen und seinem Hund erzählte, von seinen Reisen, quer über den Globus, so erwähnte er mit keiner Silbe, womit er denn sein Kleingeld verdient hatte. Das erhielt Tante Helgas Skepsis. Dennoch schien er ja aktuell keinerlei finanzieller Probleme zu haben und Adelgundes Gelder tatsächlich nicht zu benötigen, wenn man ihm so lauschte. Doch das war ja kein Grund, um die SOKO Sonnyboy frühzeitig aufzulösen. Nein, nein! Auf gar keinen Fall stellten sie die Ermittlungen jetzt schon ein! Da musste schon noch etwas Hintergrundrecherche betrieben werden.

Dennoch war es ein schöner und amüsanter Nachmittag in der Stadt, bei dem Tante Helga nicht nur Clemens beäugte, sondern auch immer wieder mit einem Schmunzeln die jungen Soko-Mitglieder am Nachbartisch beobachtete. Sicherlich bemühten sich die beiden, auch den Gesprächen an Tante Helgas Tisch zu verfolgen, doch gleichzeitig war doch auch ganz deutlich zu sehen, dass das gute Adlerauge mit ihrer Vermutung richtig lag und die zwei eine starke Sympathie füreinander hatten. Tante Helga, Adlerauge, war mal wieder stolz auf sich und ihre Intuitionen und vor allem auf ihre gute Menschenkenntnis und ihren Verkupplungsversuch.

Als ein kühler Wind aufzog, beschlossen Adelgunde und Clemens, langsam aufzubrechen. Auch Hilde verabschiedete sich schon mal, um noch rechtzeitig zu ihrer Lieblingssendung zuhause zu sein.

Tante Helga wollte es ihnen gleichtun, aber zuvor noch einen Moment die Atmosphäre in der Stadt alleine genießen.

Dies konnte Adelgunde sehr gut nachvollziehen. Sie und Tante Helga waren schon mindestens eine Ewigkeit miteinander befreundet. Da kannte man sich und die Gewohnheiten des anderen. Adelgunde war klar, dass es Tante Helga durch die Einschränkungen nach ihrem Unfall und der aktuellen Unterkunft total gelangweilt sein müsste und sie sich freute, mal wieder etwas zu erleben, auch wenn es eben nur mal eine Tasse Kaffee in der Stadt war.

So verabschiedeten sie sich herzlich, mit dem Versprechen, das schon bald, gleich nach dem Urlaub zu wiederholen.

Somit hatte Tante Helga nun nach den Informationen am Nachmittag etwas Recherchegrundlage für die kommenden Wochen.

Ein paar Minuten, nachdem sich Adelgunde und Clemens verabschiedet hatten, saßen nun die zwei jungen SOKO-Mitglieder an Tante Helgas Tisch und gemeinsam werteten sie alle ihre frischen Informationen aus und schmiedeten Pläne zur weiteren Recherche.

Zufrieden und auch ein Stück weit erleichtert fiel Tante Helga an diesem Abend zu Bett. Vielleicht hatte sie sich ja geirrt und Clemens war gar kein übler Kerl.

Doch dem würden sie schon noch auf den Grund gehen und vor allem sollte doch rauszufinden sein, womit der Herr seinen angeblich so gut gepolsterten Rentenfond angespart hatte.

Die Gedanken und Fantasien zu den Erlebnissen des Tages kreisten noch kurz, bis Tante Helga tief und fest schlief.

„Klopf klopf, Guten Morgen!" tönte es, als Tante Helga gefühlt doch gerade erst eingeschlafen war. Es konnte doch nicht sein! Es war früh am Montagmorgen und noch immer nahm keiner Rücksicht auf ihren Biorhythmus!

In diesen Momenten hoffte Tante Helga sehr, bald wieder fit genug zu sein, um ihre eigenen vier Wände wieder zu beziehen. Doch als sie 20 Minuten später am gedeckten Frühstückstisch saß, beschloss sie, die nächsten zwei Wochen, die noch für ihren Aufenthalt hier zur Genesung eingeplant waren, noch mal zu genießen und die Vorteile in den Vordergrund zu stellen.

Am Frühstückstisch fiel auf, Lydia fehlte. Stimmte… Lydia war ja mit ihrer schweren Diarrhö ins Krankenhaus verlegt worden, um der Ursache auf den Grund zu gehen und sie wieder auf den Damm bzw. von der Toilette runter zu bekommen.

Tante Helga hatte durchaus etwas Mitleid mit ihr. Aber, wie gesagt, etwas, jedoch nicht allzu viel.

Des Rätsels Lösung

Am späteren Vormittag kam Bella vorbei. Sie hatte heute frei und konnte so mit Tante Helga gemeinsam ins Krankenhaus fahren, um die arme Lydia zu besuchen. Irgendwie war ja Tante Helga auch nicht so ganz unschuldig an ihrem Befinden.

Als kleines Geschenk hatte Bella schon ein Glas Joghurt mitgebracht, etwas Salzgebäck und einen kleinen Blumenstrauß.

Das Glas und das Salzgebäck verstaute Tante Helga in ihrer Handtasche und dann starteten die Beiden ihren kleinen Ausflug zu Lydia.

Zum Glück hatten sie schon vorab in Erfahrung gebracht, wo sie Lydia im örtlichen Krankenhaus fanden, denn der Empfang war jetzt, am späten Vormittag nur durch ein Schild besetzt, auf dem zu lesen war „Bin gleich zurück, einen Moment bitte!". Geduld war ja noch nie Tante Helgas Stärke und so war sie auch in diesem Moment sehr froh, dass sie wusste, auf welcher Etage sie ihre vermeintliche Joghurtdiebin finden würde.

Vorsichtig öffnete Bella die Türe und Tante Helga folgte ihr – heute mit ihrem flotten Rollator. Wenn sie in zwei Wochen wieder nachhause wollte, musste sie ja von den Annehmlichkeiten des Rollstuhls Abstand nehmen und möglichst mobil sein.

Lydia hatte gerade ein kleines Schläfchen gemacht und wurde wach, als die beiden Besucher das Zimmer betraten. Erfreut, aber auch sichtlich blass blickte sie die beiden an.

Als sie näher herankamen, sahen sie, dass Lydia ganz glasige Augen bekam. Doch warum?

Lydia freute sich so sehr, denn sie bekam Besuch! Sie war so gerührt von dieser lieben Geste.

Mindestens drei Mal hintereinander bedankte sie sich dafür, dass sie wegen ihr diesen Weg auf sich genommen hatten. Bella stellte die Blumen in eine Vase. Dann, als Tante Helga am Tisch neben Lydias Bett saß, zog sie zuerst das Salzgebäck und danach das frische Joghurtglas aus der Tasche.

Lydia stockte erst kurz. Verlegen und erschrocken war sie einen Moment starr und wusste sichtlich nicht, was sie tun oder sagen sollte. Plötzlich lachte Tante Helga laut und herzlich los. Lydia war einen Moment verwirrt und dann prustete sie mit. Davon ließ sich auch Bella anstecken und alle drei lachten Tränen.

Es war ja nur Joghurt. Aber nun war auch ohne Worte alles geregelt.

Lydia nahm Tante Helgas Hand, drückte sie kurz mit den Worten „Es tut mir leid, bitte verzeih mir." Tante

Helga legte ihre Hand auf Lydias und erwiderte „Es tut mir leid, bitte verzeih mir."

Wieder lachten beide laut los und somit war quasi der Käse gegessen.

Danach saßen alle drei zusammen und ließen sich das Salzgebäck schmecken.

Dabei erzählte Lydia, wie einsam sie eigentlich sei und neidisch. Neidisch darauf, dass Tante Helga bald schon wieder nachhause durfte, neidisch darauf, dass alle außer ihr Besuch bekämen und dass sie den Austausch und nette Gespräche vermisste. So wie heute, sowas sei doch so wunderschön. Das hatte sie schon so lange nicht.

Tante Helga war gerührt und gleichzeitig tat ihr Lydia so unendlich leid.

Ja, ihre Kinder waren wohl recht erfolgreich, viel unterwegs und hatten kaum Zeit, mit ihr Kontakt zu halten, da man, wie ihre Kinder wohl sagten, eben Prioritäten setzen müsse.

Scheinbar war da kein Platz für mitunter auch deprimierende Besuche im Pflegeheim. Gerne wäre sie, so erzählte Lydia, zuhause geblieben, um weiter wie all die Jahre auf ihrer Bank im Garten die Sonne zu genießen und den Garten, den sie über 50 Jahre gehegt und gepflegt hatte, zu genießen. Doch die Kinder rieten ihr davon ab, weil keiner die Verantwortung übernehmen wollte, wenn sie so viel alleine war und etwas passieren würde. „Na, so einen Quatsch habe ich ja in den letzten Tagen schon mal gehört. Das hörte sich sehr ähnlich an wie das, was Kurt berichtet hat."

Tante Helga schüttelte den Kopf. Das ging doch so nicht!

Auch wenn man schon etwas in die Jahre gekommen war, so mussten einen doch dann nicht diejenigen bevormunden, denen man früher die Windeln gewechselt, Brei gekocht und später Fahrrad fahren beigebracht hatte! Ein solches Dankeschön war schon sehr deprimierend.

Doch dann fiel Bellas Blick auf die Uhr. Sie hatte ja heute noch den Besichtigungstermin, wo sie, gemeinsam mit Tom, Kurts Wohnung inspizierte und vorgab, als junges verliebtes Pärchen die erste eigene Wohnung zu suchen.

Das war natürlich wichtig. Vermutlich war Kurt schon ganz aufgeregt. Auch Tante Helga war sehr gespannt, ob das denn alles so war, wie befürchtet.

Also verabschiedeten sich die beiden von Lydia und wünschten ihr gute Besserung.

Eilig fuhren sie zurück zum Domizil, wo Tom schon auf Bella wartete.

Auch Kurt und Franz saßen auf der Bank vor dem Haupteingang und warteten auf ihr Spionageteam und die heutigen Ergebnisse.

Tom hatte noch eine Kamera mitgebracht, um ggf. gleich Beweisfotos schießen zu können.

Tante Helga war begeistert und drückte den beiden Ermittlern die Daumen.

Dann düste das junge Ermittlerteam eilig davon und Tante Helga stellte bei einem Blick auf die Uhr fest, dass sie ja nun das Mittagessen eh verpasst hatte. Da sie ja genug Salzgebäck gegessen hatte und nun auch schon ziemlich aufgeregt war, entschied sie, heute mal alleine eine Runde durch den Park zu machen und in Ruhe alleine ein Zigarettchen zu rauchen. Doch das war gar nicht so einfach.

Neue Freunde

Die beiden Herren wollten galant sein und begleiteten Tante Helga in den kleinen Park. Na so hatte sie sich ihre kleine Auszeit aber nicht vorgestellt!

Wie sollte sie denn hier in Ruhe ein Zigarettchen genießen können? Sie könnte die beiden Herren wohl kaum mit ihrem Rollator abhängen. Etwas abwesend grübelte sie gerade, wie sie sie los werden könnte, da hörte sie Franz nochmal etwas lauter: „Helga… Helga!"

Erschrocken blickte sie ihn an „Was ist denn?"

Mit einem breiten wissenden Grinsen fragte er, ob sie nicht da hinten, am See im Park Platz nehmen und ein Zigarettchen rauchen wollten.

Etwas verlegen stockte sie einen Moment, grinste dann aber ebenso zurück und stimmte dem Vorschlag zu. Kurt war ganz entzückt von der Idee. Geraucht hatte er ja schon seit Jahren nicht. Er hatte mit 60 Lenzen, kurz bevor er in Rente ging, einen Herzinfarkt und damals seiner Frau versprochen, keine Zigarette mehr anzurühren. Seitdem hatte er zwar in so mancher Minute mal das Verlangen verspürt, aber war immer standhaft geblieben. Auch seitdem er nun alleine war, hat er keine Zigarette angerührt, weil er es doch seiner lieben Frau versprochen hatte. Doch dies war ja eine Ausnahmesituation und seine Frau hätte sicher nichts dagegen, dass er heute mal eine Ausnahme machen würde.

Als die drei am See angekommen waren, kramte Franz eine neue Schachtel von Tante Helgas Marke aus der Hosentasche. Das war ja, so fand sie, ein sehr feiner Zug von ihm. Allerdings hatte er ja neulich so einige ihrer Zigaretten auf ihrem Balkon geschnorrt.

Da durfte er sich auch ruhig mal revangieren.

Tatsächlich blieb es auch jetzt nicht bei einer Zigarette. Nachdem jeder zwei Zigaretten verbraucht und einige Ideen zum weiteren Vorgehen in Kurts Problematik von sich gegeben hatten, entschieden die drei, das beim Nachmittagskaffee näher zu besprechen. Gerade als die drei vor dem Fahrstuhl in die obere Etage standen, betraten auch Bella und Tom den Eingang des Hauses mit strahlenden Gesichtern.

Die Sekunden, die es dauerte, die Beiden herannahen zu sehen, schossen Kurt und seinen beiden Freunden nun tausend Gedanken durch den Kopf.

Schon im Fahrstuhl auf dem Weg nach oben berichteten die Beiden, was sie erlebt und gesehen hatten und welche Eindrücke sie gehabt hatten. Kurt zitterte und sein positives Gesicht wich immer mehr und mehr der Erschütterung, die kam, als ihm doch so bewusstwurde, dass es leider bitterer Ernst war, dass sein feiner Sohn ihn hinterlistig aus dem Haus geschafft hatte und nun einfach seine Wohnung an fremde vermieten wollte.

Tom zeigte zum Beweis die Fotos, die er von der Wohnung gemacht hatte. Die Wohnung war wirklich schön renoviert, sie sah hell, modern und sehr einladend aus.

Doch zur Krönung zog Tom sogar schon einen Mietvertrag aus der Hosentasche. Damit war es Fakt. Dort stand es auch noch mal, schwarz auf weiß. Kurts Sohn vermietete Kurts Wohnung, frisch saniert zu einem Preis von 480,00 € pro Monat.

Das war es... so... für diesen Preis hatte er also quasi seinen Vater verkauft.

Franz sah, wie Kurts Hände noch mehr zu zittern begannen. Die Augen füllten sich mit Tränen. Doch das konnte Franz so nun wirklich nicht zulassen. Er schlug mit der Faust auf den Tisch. „Nein! Das geht so nicht!"

Mit wachen Augen sah Franz ihn an. „Wie weit würdest du gehen?" fragte er Kurt. „Wollen wir deinen Sohn anzeigen? Willst du dein Haus zurück? Willst du ihn vor die Tür setzen?"

Franz sah ein kleines Funkeln hinter den Tränen in Kurts Augen. „JA! JA! JA!"

Tante Helga klatschte in die Hände! Das musste gefeiert werden! „Tom, bitte sei so gut und hol doch mal die Pralinen aus meinem Nachttisch!".

Grinsend und wissend holte Tom ihr ihre Schnapspralinen, damit sie so etwas zum „Anstoßen" hatten.

Kurz darauf kam auch Franz' Sohn hinzu. Er machte alleine schon mit seinem Auftreten einen sehr kompetenten Eindruck. Er erklärte dem Ermittlerteam, dass und wie sie Kurt nun helfen würden, sein Haus und auch sein Geld wieder zu bekommen. Dafür sollte Kurt lediglich eine Vollmacht und einen Vertrag mit ihm unterzeichnen. Alles Weitere würde er für ihn erledigen.

Er würde in den kommenden Tagen aufgrund der Fakten Kurts Sohn einen Besuch abstatten und ihm dabei eine schriftlich eine außergerichtliche Einigung anbieten. Ansonsten würde es innerhalb einer Woche zur Klageeinreichung führen.

Klage, persönlich dort erscheinen... das machte auf Kurt Eindruck und er befand, das war der richtige Weg, um seinem Sohn eine deftige verdiente Lektion zu erteilen.

Er würde Kurts Sohn anbieten, das ganze ohne großen Aufwand und ohne Gerichtsverhandlung über die Bühne zu bringen, wenn er innerhalb von zwei Wochen das Haus verlassen und an Kurt zurückgeben würde, sowie sämtliche übertragenen Sparkonten zurückgeben und auch die von Kurt finanzierten Autos am Hof stehen lassen würde.

Andernfalls wies er ihn darauf hin, dass all das, was Kurt ihm innerhalb der letzten zehn Jahre überlassen und übertragen hatte, an die Pflegegeldkasse zur Finanzierung von Kurts Aufenthalt ginge und er aufgrund seiner Falschangaben gegenüber dem Sozialamt mit einer weiteren Klage und üppigen Schuldsumme zu rechnen hätte. Da bekäme sicherlich nicht nur Kurts Sohn, sondern ganz besonders dessen holde Gattin einen Schwindelanfall.

Doch was sollte denn Kurt mit einem so großen Haus? Etwas hin und her gerissen von dem Enthusiasmus, seinem Sohn jetzt mal für seine Taten kräftig in den Hintern zu treten und auf der anderen Seite, danach alleine da zu stehen. Doch er war dann wohl nicht weniger allein im Hinblick auf seine Familie, als jetzt in diesem Moment und in den letzten Wochen und wohl Monaten. Das war sicherlich von seinem Sohn und dessen Frau über einige Zeit geplant gewesen und er war so gutgläubig, dass er das alles nicht bemerkt und auch bei weitem nicht geahnt hätte.

An diesem Abend saßen sie noch lange zusammen und gaben sich gegenseitig Kraft.

Der nächste Morgen brach an. Beim Frühstück erzählte die Morgenschwester, dass auch Lydia morgen wieder zurück sein würde. Sie hätte sich schon wieder etwas erholt. Aber ein Grund wurde im Krankenhaus nicht festgestellt.

Tante Helga freute sich für sie, auch wenn sie wohl sehr genau wusste, was der Grund war. Doch man musste ja auch nicht immer alles erzählen. Manchmal war es besser, ein Geheimnis zu bewahren.

Dieser Vormittag verlief ruhig. Nach ihrem Morgenzigarettchen im Park und etwas Physiotherapie folgte dann auch gleich wieder das Mittagessen, wonach sich Tante Helga ein kleines Schläfchen gönnte.

Als sie wach wurde, bemerkte sie, dass sie Besuch hatte. Bella saß ganz ruhig am Balkon vor ihrem Fenster und las total vertieft ein Buch. Ach, das war schön.

Ausflug und Heimatgefühle

Bella hatte eine kleine Überraschungsidee für ihre lustige Großtante. Sie wollte mit ihr einen kleinen Ausflug machen, wo es ihr doch schon so viel besser ging, als in den vergangenen Wochen und sie mit ihrem Rollator schon so gut klarkam. Aber wohin die Reise ging, verriet sie vorerst nicht.

So rasch, wie Tante Helga eben konnte, war sie ausgehfein. Sie war umgezogen, hatte die Perlenkette angelegt, die Haare frisch frisiert und den Lippenstift gekonnt aufgetragen, die Handtasche umgeschnallt und schon konnte es losgehen. Gespannt, wohin die Reise gehen sollte, schloss sie hinter sich ihr Zimmer ab und folgte Bella.

Zwanzig Minuten später bog Bellas kleiner Flitzer in eine Tante Helga sehr bekannte Straße ein. Hier wohnte sie. Bella hielt vor Tante Helgas Lieblingsbäcker, bat sie, bitte kurz zu warten, eilte in den Laden und kam einige Momente später mit einer großen Tüte zurück.

Weiter ging die Fahrt... und hielt vor Tante Helgas zuhause. Tante Helgas Hände begannen, zu zittern und ihre Augen wurden ganz glasig. Sie strahlte Bella an.

Doch sie waren ja noch nicht ganz am Ziel. Bella half ihr aus dem Auto, nahm den Beutel vom Bäcker vom

Rücksitz und dann gingen sie gemeinsam zum Hauseingang.

Langsam öffnete Tante Helga ihre Wohnungstür. Es duftete nach frischem Kaffee. Bella war zuvor schon hier gewesen, hatte durchgelüftet, den Staubsauer durch die Wohnung gejagt, die Kaffeemaschine vorbereitet und am Balkon schon mal den Tisch gedeckt.

Gerade als Tante Helga den ersten Schritt auf den Balkon ging, klingelte es an der Türe. Wer sollte das denn sein? Bella lächelte und eilte zur Türe. Tante Helgas Bruder und Frau waren auch zum Kaffeeklatsch eingeladen. Jetzt fiel auch Tante Helga auf, dass der Tisch für vier Personen gedeckt war.

Zwar konnte Tante Helga im Beisein ihres kleinen Bruders hier keine Zigarette auf ihrem Balkon anzünden, aber Kaffee und Kuchen waren eine super tolle Idee und Helga freute sich wahnsinnig, wieder zuhause zu sein, die eigenen vier Wände zu genießen, die klare Luft auf ihrem Balkon zu riechen, die Möglichkeit zu haben, selbst die Kaffeemaschine zu bedienen.

Ach, jetzt, wo sie hier so saß, wurde ihr noch viel mehr bewusst, wie sehr sie sich freute, wenn sie in nun weniger als zwei Wochen wieder jeden Morgen hier wäre. Sie strahlte übers ganze Gesicht. Dafür hatte es sich absolut gelohnt, sich so schnell fein zu machen.

Auch ihr Bruder und dessen Frau genossen es, zu sehen, wie Tante Helga förmlich wieder aufblühte.

Nach zwei Stunden brachen dann alle so langsam auf.

An diesem Abend genoss Tante Helga auch das Essen mit den anderen Urlaubern sehr, denn sie freute sich darüber, diese Menschen kennengelernt zu haben, aber noch mehr darauf, bald wieder ihre Ruhe und ihre Eigenständigkeit zurück zu gewinnen.

Voller Elan erzählte sie den anderen beim Abendessen von ihrem Ausflug. Hildegard freute sich sichtlich mit ihr mit. Morle bekam noch ein paar Extra Streicheleinheiten, während ihr Frauchen gespannt Tante Helgas Erzählungen lauschte.

Kurt war recht ruhig am heutigen Abend. Dafür schien Franz tatsächlich etwas aufzublühen.

Tante Helga bekam abends nach dem Essen noch Besuch am Zimmer. Es war Franz. Er wollte gerne noch etwas plaudern und so saßen die beiden noch lange zusammen, erzählten von ihren Erfahrungen, ihren Interessen und ihren Gewohnheiten. Tante Helga genoss tatsächlich die Gesellschaft von Franz. Er war sehr gebildet und konnte einfach auf eine Art und Weise erzählen, die dem Gesprächspartner das Gefühl gab, bei den Erlebnissen dabei gewesen zu sein. Farben und Gegebenheiten wurden klar und deutlich vor dem inneren Auge gezeichnet. Es war einfach herrlich.

Nachdem sie sich verabschiedeten, zumindest für diesen Abend, erschrak Tante Helga etwas beim Blick auf die Uhr. In nur fünf Stunden würde die Morgenschwester mit dem Weckruf zum Frühstück das Zimmer betreten. Was diesem Domizil fehlte, war ein Schild für den Türgriff – wie in Hotels – mit der Aufschrift „bitte nicht stören".

Es kam, wie es kommen sollte... die Morgenschwester wurde trotz ihrer durchdringenden Stimme beim ersten Weckversuch von Tante Helga gekonnt ignoriert. Auch der zweite Weckruf blieb ohne Erfolg. Für den dritten Versuch ging die Morgenschwester dann bis an Tante Helgas Bett ran. Plötzlich erschrak Tante Helga und saß fast im Bett, als sie bemerkte, dass sie jemand an der Schulter anfasste.

Huch, da war sie aber prompt wach!

Etwas später als sonst gesellte sie sich zu den anderen an den Frühstückstisch. Franz hatte schon fröhlich verkündet, dass sein Sohn an diesem Tage geplant hatte, Kurts Sohn aufzusuchen und ihm mit seinen Ausführungen mal die passende Antwort auf sein Verhalten gegenüber seinem Vater zu geben.

Kurt befand das noch immer als den richtigen Weg, aber war zugleich auch etwas unruhig und gleichzeitig aber auch gespannt, was daraus werden würde.

Auffällig war, dass Kurt seit dem Vorfall mit dem Gebiss nun immer mit Zähnen im Mund aß. Er hatte es
nicht noch ein einziges Mal rausgenommen.

Nach dem Frühstück hielt Tante Helga Ausschau nach
Tom, aber dann fiel es ihr wieder ein. Er hatte ja an
diesem Tag frei. Auch Bella hatte heute bereits Pläne
und da auch ansonsten keine Besuche geplant waren,
würde es wohl ein recht ruhiger Tag werden.

Doch bei einem Blick aus dem Fenster versprach es,
ein trüber Tag zu werden. Es war etwas kühl und es
regnete schon den ganzen Morgen. Bei dem Wetter
verzichtete Tante Helga auf ihre Morgenzigarette und
beschloss, sich mit einem Buch zurückzuziehen oder
eventuell ein kniffeliges Kreuzworträtsel zu lösen.

Rebellion, so nicht!

Vor lauter Langeweile versuchte Tante Helga am Nachmittag sogar, bei der Gruppengymnastik mit den anderen Urlaubern teilzunehmen. Doch auch hier fand sie irgendwie keine Entspannung. Da vernahm sie am Flur fremde Stimmen.

Das klang nach Aufregung. Natürlich war Tante Helga neugierig genug, um dem ganzen auf den Grund zu gehen und nachzusehen, wer hier was so laut diskutierte. Die Türe zu Kurts Zimmer stand offen und von dort hörte man eine Frauenstimme, die laut tönte, er wolle sie ruinieren.

Über dem Rollator nach vorne gebeugt pirschte sich Tante Helga vorsichtig näher ran. Auch Franz kam aus seinem Zimmer und verfolgte das Gespräch in Kurts Zimmer mit. Schon beim näher kommen erkannte man, dass Franz immer wieder mit dem Kopf schüttelte. Vermutlich war er genauso entsetzt über das, was er dort hörte. Kurts Sohn und seine Schwiegertochter waren hier. Sie waren tatsächlich gar nicht verreist, sondern erfanden dies nur als Vorwand, um Kurt los zu werden.

Doch nun waren sie es, die erzürnt und sehr laut hier ihre Meinung kundtaten. Sie waren erbost darüber, dass Kurt ihnen nicht nur auf die Schliche kam, sondern auch noch einen stadtbekannten bissigen Anwalt beauftragt hatte, sein Recht gegen seine Familie geltend zu machen.

Seine Schwiegertochter wollte ihn nicht mehr mit bekochen, ihn nicht am Essenstisch haben, mit seinem Gebiss neben dem Teller, seine Wäsche nicht mehr waschen und ihn nicht mehr mit den Kindern toben lassen.

Sie wollten ihre Einnahmen etwas erhöhen und so war es in ihren Augen klar, dass es ihr Recht sei, dafür seine Wohnung zu nutzen, denn die sei ja gar nicht mehr seine, sondern gehöre auf dem Papier schon seinem Sohn. Somit, so meinten sie recht lautstark, hätte Kurt nun keinerlei Rechte mehr.

In diesem Moment konnte sich Franz auch nicht mehr zurücknehmen und schritt mit ein. Prompt bekam auch er die unfreundliche Art von Kurts Schwiegertochter zu spüren, als sie ihn ankeifte, was er denn hier wolle. Ruhig setzte Franz sich an den Tisch, nickte Kurt freundlich zu und dann klärte er die anwesenden Personen erst mal umfassend über seine Auffassung der Rechtslage auf, nachdem er sich vorgestellt hatte. Er war der Gründer der größten und erfolgreichsten Kanzlei der Stadt und hatte mit so einigen harten Fällen für Schlagzeilen gesorgt. Mehr und mehr knickten Kurts Sohn und dessen Frau zusammen. Es schien, als könnte man zusehen, wie sie förmlich bei Franz' Erläuterungen schrumpften.

Nun, am Ende wies er sie darauf hin, dass sie besser auf das Angebot seines Sohnes eingehen sollen. Ansonsten, so machte er glaubhaft klar, scheuten sie keine Sekunde, für Kurt die nächsten Schritte zu gehen und dann hätten sie noch weniger zu erwarten, als das jetzige Angebot.

Kurts Schwiegertochter japste nach Luft. Mit hochrotem Kopf und der Handtasche unter die Achselhöhle geklemmt, eilte sie mit einem Stechschritt aus dem Zimmer. Ihr Mann folgte ihr mit gesenktem Kopf. Hatte man da nun etwa ein schlechtes Gewissen erkennen können? Oder war es die pure Angst, alles zu verlieren? Sie verloren keine Silbe der Reue oder Entschuldigung.

Kurz nachdem die Beiden verschwunden waren, versuchten Franz und Tante Helga, Kurt etwas zu bestärken. Plötzlich schien es, dass er schlechter Luft bekam. Dann verzog er sein Gesicht und fasste sich an die Brust. Erschrocken blickten sich Tante Helga und Franz an und riefen gleichzeitig nach Hilfe. Dann ging alles sehr schnell.

Der Pfleger schickte sie aus dem Zimmer und leistete erste Hilfe. Kurz darauf kam der Notarzt. Kurt wurde ins Krankenhaus verlegt. Als er auf der Trage durch den Flur zum Fahrstuhl transportiert wurde, waren alle Urlauber, auch Lydia am Flur versammelt und hofften mit Kurt, dass es nichts Ernstes war.

Besonders Lydia sah ihm noch lange hinterher und erkundigte sich dann bei den anderen, was denn eigentlich hier los gewesen sei.

Kurt tat ihr leid, doch wenn sie so darüber nachdachte, so ging es ihm ja eigentlich ähnlich wie ihr. Auch ihre Familie hatte ihre Prioritäten auf die Zukunft und die eigenen Bedürfnisse ausgerichtet.

Sie war ja eigentlich noch nicht so pflegebedürftig, dass sie eine Rundumbetreuung nötig hätte. Vielmehr war die Situation mit ihren Kindern sehr angespannt und für Lydia nicht mehr der Platz. Jetzt kam Lydia eine Idee.

Es war vielleicht etwas seltsam, aber heutzutage gab es ja so viele Wohngemeinschaften. Wer sagte, dass das nur etwas für junge Leute sein sollte und reifere Semester nur im Pflegeheim oder im Altersheim untergebracht sein sollten. Neue Ideen waren gefragt.

Doch das musste warten. Erst mal musste sich Kurt erholen, bevor sie ihm den nächsten Schock verpasste.

Neue Ideen

Der nächste Morgen brach an. Die Vögel zwitscherten und auch die Sonne ließ sich wieder blicken. Aber man merkte, es wurde kühler. Der Herbst stand schon in den Startlöchern und färbte die Blätter ein. Die Luft am Morgen war klar, aber kühl.

Auch Tom war heute wieder da, mit einem auffälligen Strahlen im Gesicht. Ja, er schien außerordentlich fröhlich zu sein. Also hatte er vermutlich einen schönen freien Tag gehabt.

Bei der Morgenzigarette mit Tom im Park erzählte er Tante Helga, dass er den gestrigen Nachmittag mit Bella verbracht hätte. Ach, Tante Helga war ja ganz von den Socken! Ihre Neugier war geweckt und sie lauschte seinen Erzählungen, gespannt wie ein Flitzebogen. Sie freute sich und hatte ein gutes Gefühl dabei.

Als sie zurück waren, war gerade der Einzug eines neuen vorübergehenden Mitgliedes, hier in Kurzzeitpflege. Helga Wimmers. Nun zog hier also noch eine Helga ein. Tom zwinkerte Tante Helga zu und meinte „Diese Helga kann Ihnen sicherlich nicht das Wasser reichen!".

Aber eine neue Urlauberin, das hieß auch, neue Informationen und ein weiterer Gesprächspartner. Das brachte hier sicher auch etwas neuen Wind rein, nun, wo Tante Helga schon kurz vor ihrem Auszug stand.

Doch da klingelte Tante Helgas Telefon. Es war Adelgunde. Sie wollte Tante Helga berichten, wie wunderschön es auf Mallorca sei und wie warm die Sonne hier noch schien um diese Jahreszeit. Das freute Tante Helga sehr. Die beiden Mallorca-Urlauber hatten noch zehn Tage im Süden vor sich.

Da fiel Tante Helga ein, sie hatte ja in den zehn Tagen noch einiges zu tun.

Am späteren Nachmittag kam auch Bella vorbei. Auch sie berichtete von dem schönen Nachmittag mit Tom. Allerdings musste Tante Helga ihr die Informationen förmlich Buchstabe für Buchstabe aus der Nase ziehen.

Dann aber sprudelte sie plötzlich drauf los, wie toll, lustig und klug Tom sei und wie schön die Zeit mit ihm... viel besser als mit dem Idioten, der doch nun quer durch die Stadt Milch sammeln gehen konnte.

Es machte Tante Helga viel Freude, Bella so aufblühen zu sehen.

Doch danach musste auch die andere Mission noch in Angriff genommen werden.

Tante Helga fragte Bella „Sag mal, du hast doch da auch so ein Internet, wo man alles drin findet?!"

Schmunzelnd antwortete Bella „Ja."

„Dann schau doch da mal nach diesem Clemens."

Sie suchte und suchte, aber fand nichts, auch keine Firma unter diesem Namen. Das war doch wieder sehr verdächtig. Mit wem war die nichts ahnende Adelgunde denn da nur nach Mallorca gereist?

Plötzlich klopfte es an der Tür. Es war Lydia. Sie kam mit einem besonderen Anliegen zu der kreativen und vielleicht auch etwas schrulligen Frau, die daran schuld war, dass sie satte zwei Tage ans Klo gefesselt war.

Doch solch eine Innenreinigung gab ihr viel Zeit, mal nachzudenken, über sich, ihren Umgang mit anderen Menschen und die eventuellen Gründe dafür.

Lydia setzte sich also zu den beiden und fand es auch recht praktisch, dass die junge Bella auch gleich dabei war, denn insgeheim hoffte sie auch etwas auf ihre jugendlichen Kenntnisse.

Lydia klärte die beiden auf „Ich will nicht mehr alleine sein."

Tante Helga und Bella waren überrascht, blickten sich einen Moment mit Fragezeichen im Gesicht an und dann zu Lydia. Was meinte sie?

Lydia erklärte weiter: „Es gibt doch diese Kontaktanzeigen. Da suche ich einfach mal nach einer netten Bekanntschaft. Der Kurt wäre ja eigentlich auch ganz sympathisch, aber der scheint ja offensichtlich auch nicht mehr ganz frisch zu sein, schließlich lag er gerade erst mit Herzproblemen im Krankenhaus. Das kann ich ja nicht gebrauchen."

Nun, Bella war ja von Tante Helga einige direkte Kommentare gewohnt, aber dass eine Frau um die 80 einen Mann nicht mehr rüstig genug empfand, weil dieser gerade mal im Krankenhaus lag, das schien ihr doch ein klein wenig übertrieben.

Dennoch fand sie den Gedanken einfach toll, dass sie sich ein Herz fassen und eine Kontaktanzeige aufgeben wollte. Doch dafür wollte sie Tante Helga um Hilfe bitten, sowohl bei der Wortwahl und der Anzeige an sich, als auch hinterher, bei der Auswahl der Bewerber, falls sich denn auch interessante Herren melden würden.

Das klang ja wirklich spannend! Das hätte Tante Helga, alleine in ihren vier Wänden, wohl nicht erlebt.

Bella lachte und meinte „Na, wozu habe ich denn mein Internet dabei?"

Die beiden Goldies stimmten beide zu, dass so ein Internet wohl eine tolle Sache sei.

Ach, wie wäre doch früher so vieles einfacher gewesen, wenn man da auch schon so ein Internet gehabt hätte, da waren sie sich einig.

Eine knappe halbe Stunde später war dann die Anzeige komplett und auch schon direkt für die nächste Ausgabe beauftragt.

Hier würde dann in der Tageszeitung stehen:

Erfrischende Gespräche gesucht.

Lieber Unbekannter, ich bin eine aufgeschlossene Rentnerin auf der Suche nach einem Partner für gemeinsame Spaziergänge, Kulturveranstaltungen und zur Erkundung gemeinsamer Interessen in der Abendsonne.

Bei Interesse freue ich mich über Deine Zuschrift unter Chiffre 123331

Lydia hatte nun etwas zittrige Knie. Das hatte sie nun wirklich gemacht, naja, nicht alleine, aber doch hatte sie den Schritt gewagt. Sie fühlte sich lebendig und mutig und voller Energie!

Sie stand vor Bella, die mit ihren jungen Jahren bestimmt 30 cm größer war als die kleine Lydia. Aber heutzutage wurden ja die jungen Leute immer größer und die alten gefühlt immer kleiner. Das deprimierte sie in diesem Moment. Aber sie blickte nach oben, zu der jungen Bella und fragte „Darf ich dich einmal umarmen?" Lachend nahm Bella die kleine Frau herzlich in den Arm und meinte „Das klappt. Darf ich dabei sein, wenn Sie die Antworten bekommen?"

Von so viel Interesse war ja auch Lydia ganz gerührt und gerne dürfte natürlich auch Bella mit ihr die Auswahl der interessanten Herren treffen.

Am nächsten Morgen konnte Lydia erst gar nichts essen. Ganz aufgeregt durchsuchte sie die Tageszeitung nach den Kontaktanzeigen. Da stand es, groß, in fetten Buchstaben. Sie starrte die Anzeige an. Franz beäugte sie von der Seite, doch hatte er natürlich keine Ahnung, was sie dort so interessiert las. Dass es ihr aber wohl wichtig war und sie völlig abgelenkt war, das war allerdings absolut klar.

Trotz Aufregung konnte Lydia dann aber dennoch zumindest ein halbes Brötchen verspeisen. Natürlich wollte sie in ihrem Alter nicht noch eine Diät durchmachen, um eine Bekanntschaft zu gewinnen. Sie war einfach in diesem Moment so nervös, dass sie nicht mehr essen konnte. So, wie sie an diesem Morgen die Zeitung aufgeschlagen und diese Anzeige gelesen hatte, so würden es sicherlich auch noch sehr viele andere Leute tun. Zum Glück hatten sie ihren Namen nicht dazu veröffentlicht.

Nach dem Mittag kam auch Hilde mal wieder auf einen Kaffee bei Tante Helga vorbei, um zu hören, wie denn das Kennenlernen mit Adelgundes Sonnyboy verlaufen war und was es ansonsten Neues zu erfahren gab.

Die beiden Ladies spazierten durch den Park und Tante Helga stellte fest, so kurz vor ihrer Heimreise war sie wirklich wieder genesen und auch wieder gut zu Fuß. Es stand also ihrer Meinung nach einer Abreise gesundheitlich nichts entgegen. Aber die Auswertung von Lydias Post wollte sie natürlich keinesfalls verpassen. Da würde sie schon noch bis zum Ende der kommenden Woche auch den Mahlzeitenservice und das Bettenmachen genießen können.

Hilde hatte allerdings noch eine interessante Information für Tante Helga. Hilde hatte in Erfahrung gebracht, womit Clemens sein Geld verdient hatte. Er war Luxus-Immobilienmakler in Spanien gewesen. Ah, damit war ihr klar, warum Bella hier in ihrem deutschen Internet nichts finden konnte.

Laut Hildes Recherche hatte er wohl doch einige Jahre erfolgreich Geld verdient, aber immer wieder auch seine Familie und seine Kinder hier in Deutschland besucht. Doch inzwischen sei er schon seit vielen Jahren nicht mehr verheiratet, die Kinder waren schon lange aus dem Haus und hätten inzwischen alle selbst Familie. Mensch, was so eine Hilde alles herausgefunden hatte. Das war ja kaum zu glauben!

Sollte Helga also mit ihrer Vermutung danebengelegen haben? Es schien tatsächlich so zu sein.

Am Rande des Parks setzten sich die beiden auf die Bank, an der Tante Helga so gerne mit Tom Gespräche führte und bei einem Zigarettchen Weisheiten austauschte.

Da zauberte Hilde zwei kleine Sektflaschen aus ihrer Handtasche. Die hatte sie mitgebracht, um mit Tante Helga darauf anzustoßen, dass sie ja in Kürze wieder daheim sein würde und dass sie das alles so gut überstanden hatte.

Begeistert darüber, dass sich alles so positiv gestaltete, stießen sie an und nahmen einen Schluck.

Als die beiden Ladies eine Stunde später zurück zum Gebäude liefen, liefen sie dann doch etwas langsamer, denn von dem Sekt hatten sie einen kleinen Schwips. Na das war ja ein Ding, die beiden Goldies hatten sich einen Schwips angetrunken, im Park des Pflegeheims. Na das gab es wohl nicht ganz so häufig hier.

Herzlich verabschiedeten sich die zwei und Tante Helga kam gerade rechtzeitig, kurz vor dem Abendessen, zurück auf die Etage ihrer Urlaubergruppe.

Dort saß auch die andere, die neue Helga, schon am Tisch und erzählte von sich und, wie Tante Helga hörte, von ihren vielen Krankheiten. Das mochte Tante Helga ja weniger, wenn Rentner meinten, sich gegenseitig mit ihren Gebrechen übertrumpfen zu müssen. Da gab es ja nun wirklich tollere Themen als die einzelnen kleinen und auch großen Wehwehchen.

Hildegard erzählte von ihren Herzproblemen und schon erklärte die neue Helga, sie hätte ja schon immer schwere Herzmedikamente benötigt. Kaum erzählte Lydia von ihrer Arthrose in den Gelenken, schon konnte die neue Helga von ihrem jahrelangen Leidensweg mit ihrer Arthrose berichten. Franz strich sich über den Handrücken und bemerkte, er habe raue Haut, schon hatte auch die neue Helga Berichte über ihre ernsthafte Hauterkrankung parat, wie auch über Magen- und Darmerkrankungen, Rückenschmerzen, Allergien und diesem und jenem. Das verdarb Tante Helga den Appetit. Man sollte sich in ihren Augen immer die positiven Dinge vor Augen halten. Wenn man ständig dort draufdrückte, wo es weh tat, tat es davon nicht weniger weh, so sagte sie immer.

Etwas vorzeitig verließ Tante Helga an diesem Abend den Tisch, sobald sie ihre Scheibe Brot verspeist hatte. Die fortwährenden Krankheitsgeschichten waren nichts für sie.

Da las sie lieber noch etwas. Allerdings hieß das am Abend in der Regel, sie wolle schlafen. Spätestens auf Seite drei waren ihr regelmäßig am Abend die Augen zugefallen.

So startete sie voller Elan in den nächsten Morgen. Heute ging es zum Arzt, damit dieser beurteilen konnte, ob sie denn wieder genesen sei.

Kaum hatte sie nach dem Frühstück noch mal die Haare gerichtet, die Perlenkette umgelegt und den Lippenstift exakt aufgetragen, kam auch Tom schon um die Ecke gebogen, um sie zum Krankenhaus zu bringen. Er hatte extra einen Deal mit einem anderen, dafür zuständigen Kollegen gemacht, damit er diese Zeit mit der schrulligen Lady noch nutzen konnte, nun, wo ihre Abreise bevorstand.

Wo sie nun einmal im Krankenhaus waren, beschlossen sie, auch Kurt einen kleinen Besuch abzustatten. Sicherlich würde er sich freuen, ein paar bekannte Gesichter zu sehen. Tante Helga vermutete, dass sein Sohn wohl kaum hier gewesen sei, um ihm beizustehen.

Jetzt allerdings war erst mal Tante Helgas Nachuntersuchung dran. Nach einigen Tests folgte das Gespräch. Der Chefarzt, der auch die OP bei Tante Helga durchgeführt hatte, gratulierte ihr „Frau Wolke, das sieht ja optimal aus. Sie können das Bein wieder normal belasten und Ihr Leben wieder in vollen Zügen genießen." Bei diesen Worten zog Tante Helga eine Schachtel Pralinen aus ihrer Handtasche, als kleines Dankeschön für den Arzt und strahlte dabei über das ganze Gesicht.

Somit konnte sie gleich im Anschluss regeln, dass sie am kommenden Freitag wieder nach Hause ziehen würde.

Doch nun hatten sie auch noch genügend Zeit, um auch noch Kurt Hallo sagen.

Zu ihrer Verwunderung hatte Kurt Besuch. Tatsächlich war sein Sohn hier. Auch wollte er seinen Vater besänftigen und alles einfach einmal rückgängig machen, so dass Kurt wieder nachhause kommen sollte und wenn er und seine Familie doch nebenan wären, dann könnten sie immer mal nach ihm sehen, wenn er doch seine Herzprobleme hätte.

Kurt lehnte deutlich ab. „Junge, ich will keine Einigung und werde auch keiner Einigung zustimmen. Ich bin vielleicht krank und ich bin nicht mehr jung, aber ich bin keinesfalls dumm! Ich habe auch meinen Stolz und Euch will ich in meinem Haus nicht mehr sehen! Nimm deine Giftspritze und seht zu, dass Ihr Land gewinnt!"

Gerade als Tante Helga diesen Monolog belauschte und muxmäuschenstill hinter der Türe blieb, flog diese auf und sein Sohn eilte hinaus, ohne einen Ton von sich zu geben.

Nach dem Vertrauensbruch und Vorgehen seines Sohnes kam für Kurt keine andere Lösung in Betracht.

Er grinste Tante Helga an und meinte, während er sie herein winkte, er würde einfach andere Herrschaften in seiner Altersklasse fragen, ob sie nicht mit ihm eine WG gründen möchten, damit er und auch die anderen nicht alleine wäre.

Diese Idee fand auch Helga toll. Natürlich hatte auch sie da schon jemanden im Sinn.

Sie bat Tom, ihr doch mal die Tageszeitung vom Flur des Krankenhauses zu holen. Mit einem Grinsen schlug sie die Kontaktanzeigen auf und legte sie vor Kurt, mit dem Hinweis, er könne doch dort schon mal schauen. Vielleicht gäbe es ja auch hier Kontakte, die einfach Anschluss und Gesellschaft suchten.

Kurt war recht entzückt über diese spontane Idee und versprach, da mal durch zu sehen.

Aber eigentlich sah er schon wieder recht gut aus. Er hatte eine gute Gesichtsfarbe und war wach und voller positiver Energie, soweit man eben in seinem Alter voller Energie sein konnte.

Tante Helga berichtete ihm, dass sie auch in der kommenden Woche das Pflegeheim verlassen würde, um ihre Wohnung wieder zu beziehen. Kurt befürchtete, Tante Helga könnte dann etwas einsam sein und unter Langeweile leiden. Doch Tante Helga zwinkerte ihm zu und erklärte ihm, sie habe viel zu tun. Als Adlerauge schaute sie schließlich auch in der Nachbarschaft immer nach dem Rechten und war viel unterwegs, um die Rente mit ihren Freundinnen zu genießen.

Kurt wurde etwas neidisch. Er hatte all die Jahre seine Kinder und Enkelkinder in den Fokus gestellt. Doch nun fiel dieser Teil weg. Was sollte er also tun. Tante Helga verwies erneut auf die Anzeigen und damit er diese auch nun in Ruhe lesen und hoffentlich auch anschreiben würde, verabschiedeten sich Tante Helga und Tom und traten den Rückweg zum Pflegeheim an.

An diesem Tag war Tante Helga so voller positiver Stimmung und Elan, dass sie kurzerhand am Yoga teilnahm. Bisher hatte sie sich ja meist darum gedrückt. Aber heute befand sie, das könnte ja auch lustig sein.

Also zog sie bequeme Sportsachen an, schnallte ein Stirnband um, auch wenn sie bezweifelte, dass man bei diesen komischen Verrenkungen ins Schwitzen kam. Aber es sah ja hübsch und sportlich aus. Auch Perlenohrringe und Lippenstift fehlten bei diesem Outfit nicht.

Auch alle anderen von der Etage nahmen teil, nur die neue Helga nicht. Die musste womöglich ihre Gebrechen pflegen, vermutete Tante Helga.

Tante Helga nahm Platz zwischen Franz und Hildegard. Hildegard sah aus, als sei sie wirklich gut in Form. Tatsächlich hatte sie an dieser Gymnastik nun in den Wochen regelmäßig teilgenommen und es tat ihr sichtlich gut. Auch Morle hatte in dieser Stunde mal eine kleine Auszeit und saß natürlich brav auf Hildegards Ferrari in der Ecke des Raumes.

In den nächsten Tagen machte Tante Helga schon einen Plan, was sie alles erledigen müsse, wenn sie wieder zuhause sei, was sie einpacken und was sie vielleicht verschenken würde.

Im Laufe der nächsten Tage bekam Lydia mehrfach Post. Sie sammelte die Umschläge der Herren drei Tage lang und war dann schon ganz aufgeregt, als sie Tante Helga und auch Bella dazu einlud, diese zu öffnen, zu lesen und auch gemeinsam auszuwerten.

Zum Nachmittag kam Belle angefahren, gerade noch rechtzeitig, um Tom einen schönen Feierabend zu wünschen. Doch der wollte auf einmal gar nicht mehr so eilig nachhause gehen, sondern fragte, ob er den Damen nicht einfach noch etwas Gesellschaft leisten könnte. Es würde nach Regen aussehen und dann würde er auf dem Heimweg am Rad wieder so nass werden.

Tante Helga sah keine Wolke am Himmel, aber sie verstand natürlich, was Tom im Sinn hatte. Sie stimmte ihm zu, dass der Wetterbericht ja für den Nachmittag plötzliche starke Regenfälle gemeldet hätte. Da wäre es wohl besser, etwas abzuwarten.

Gespannt gab Bella ihren Brieföffner an Lydia. Sie fand, damit hatte das Ganze noch eine etwas gehobenere Art und Weise.

Der erste Brief wurde geöffnet. Vorsichtig faltete Lydia ihn auseinander. Darinnen lag ein Foto. Es war ein älteres Foto eines Herren mit Hund. Er sah recht sympathisch aus. Als Lydia das Foto umdrehte, konnte man das Jahr lesen, aus dem das Foto stammte. Nun, es gab ja viele Menschen, die von sich behaupteten, sich kaum zu verändern. Aber der Herr hatte ein 20 Jahre altes Foto beigelegt. Tante Helga behauptete, dass das wohl inzwischen ein wenig anders aussehen könnte.

Lydia war zu nervös, um den Brief zu lesen. So gab sie ihn an Bella und bat sie, ihn laut vorzulesen. Auch Tom war total gebannt und mit solchen Erlebnissen blieb man doch gerne auch noch etwas länger an der Arbeit.

Der Brief war von einem Peter Hagen, er schrieb von sich, seinen Interessen und dass man sich doch die Stromrechnung teilen könnte, denn wenn man gemeinsam unter der Lampe saß, verbrauchte diese doch nicht mehr und es würde für beide billiger.

Na der kam dann ja wohl mal nicht mehr in Frage. Er suchte also keine Gesellschaft zum Anschluss, sondern jemanden, mit dem er seine Stromrechnung teilen konnte? Nun, dann sollte er mal weitersuchen, befand das Team einstimmig.

Lydia griff nach dem nächsten Brief, öffnete ihn mit Bellas Brieföffner, gab Bella den Brief zum Vorlesen und nahm das Foto in die Hand. Das Foto schien sie sichtlich anzusprechen. Daher dauerte es auch etwas länger, bis sie es auch den anderen zeigte. In der Zeit las Bella schon mal vor. Er hieß Bruno, war früher selbständiger Immobilienmakler, nun seit einiger Zeit in Rente, sucht eine Frau, die gerne mit ihm reisen würde und die das Leben positiv sah.

Bei dem Wort Immobilienmakler dachte Tante Helga daran, dass das wohl keine schlechte Partie sei, denn scheinbar hatte es ja auch Adelgunde recht gut getroffen.

Dann gab ihr Lydia das Foto in die Hand und Tante Helga erstarrte. „Nein!" platzte aus ihr heraus. Lydia entgegnete „Doch! Der ist sieht doch nett aus."

„Ja, aber… stammelte Tante Helga… den kenne ich, glaube ich…"

Er sah aus, wie Tante Adelgundes Clemens. Doch vielleicht irrte sie sich ja. Allerdings passte das Alter, der Beruf…

Dem musste man doch auf den Grund gehen. Einige Minuten grübelte sie, wie sie es anstellen könnten.

Dann schlug vor „Lydia, triff dich doch mit ihm in der Stadt. Ich treffe mich dann ganz zufällig auch mit Adelgunde dort. Die wird schon Augen machen!" Sie würde Adelgunde schon unter irgendeinem Vorwand zum Kaffee an denselben Treffpunkt einladen. Dann wüssten sie gleich, ob es derselbe Mann war und auch Adelgunde wäre dann ganz unauffällig aufge-klärt. Lydia war zwar etwas enttäuscht, weil ihr der Mann auf diesem Foto wirklich gefiel und auch die Wortwahl in dem Brief auf die Möglichkeit intelligen-ter und spannender Gespräche hoffen ließ. Doch sie ließ sich auf das Abenteuer ein.

Dieser Mann, dieser Bruno, bekam also einen eige-nen Stapel. Diesem Bruno würden sie sich dann spä-ter ausführlich widmen. Doch wie hatte er denn von Mallorca aus diesen Brief geschrieben? Das war alles sehr verwirrend.

Doch nun erst mal weiter mit den anderen Briefen. Brief für Brief lasen sie aufmerksam die Briefe, be-gutachteten die Fotos und werteten aus.

Lydia hatte insgesamt acht Briefe bekommen. Dieser Bruno bzw. Clemens würde eine Einladung bekom-men, zwei weitere schienen recht interessant zu sein. Einer war ein Bekannter von Lydia, den sie nicht aus-stehen konnte. Dieser Bewerber kam gemeinsam mit drei anderen auf den Stapel unter der Rubrik NEIN. Ein Brief war noch übrig. Lydia öffnete ihn und klapp-te den Brief auseinander. Hier war kein Foto enthalten. Der Herr entschuldigte sich, kein Foto beizulegen, aber einerseits sei er nicht mehr so fotogen wie vor zwanzig Jahren und er wäre gerade nicht zuhause und habe daher keines zur Hand, wolle aber keinesfalls die Chance verpassen, diese interessante, sympathische Frau kennenzulernen... Der Brief klang sehr sympathisch und war unterzeichnet von einem Kurt Knörz.

Lydia war sprachlos und auch Tante Helga musste sagen, das hatte der Kurt aber sehr galant gemacht.

Zwinkernd meinte Lydia: „Mit ihm könnte man sich ja vielleicht auch den Strom teilen."

Nach diesen aufregenden Ereignissen verabredeten sich alle für den nächsten Tag, um gemeinsam die Antworten zu verfassen. Als Bella fuhr, war es schon früher Abend und da nahm sie Tom doch gleich kurzerhand mit, da er ja mit dem Auto auf jeden Fall trocken zuhause ankäme, wenngleich noch immer keine Wolke am Himmel zu sehen war. Aber man wusste ja nie...

Am nächsten Morgen kam auch Kurt wieder zurück. Er wurde entlassen, nachdem scheinbar alles in Ordnung war, soweit man das eben so sagen konnte.

Er nahm neben Lydia Platz. Als sie sich so unterhielten, bekam Lydia beim Anblick seines alten Gebisses ein wirklich schlechtes Gewissen. Sie hatte da noch etwas, das sollte sie ihm wirklich zurückgeben. Sie hatte auch schon eine Idee, wie sie das tun würde.

Später am Vormittag klopfte Lydia mit einem kleinen Geschenk in der Hand an Kurts Tür. Verwundert blickte er sie an. Er freute sich, dass sie nach ihrem kurzen Krankenhausaufenthalt scheinbar wieder wohlauf war.

Sie setzte sich zu ihm und eröffnete das Gespräch mit einem „Es tut mir leid, bitte verzeih mir." Er runzelte die Stirn, denn er hatte keine Ahnung, was sie meinte. Was hatte er ihr denn zu verzeihen.

Dann übergab sie ihm erst ein kleines Päckchen, in der Größe einer Butterdose. Dann schob sie noch ein zweites Päckchen hinterher.

Zuerst öffnete er das zweite, worin zwei Theaterkarten waren. Verdutzt schaute er sie an. Woher wusste sie das? Hatte er doch lediglich der Dame aus der Zeitungsannonce geschrieben, er würde gerne mal wieder in angenehmer Begleitung ins Theater gehen. Mit leicht gesenktem Blick lächelte sie ihn an und erklärte, sie würde auch gerne mal wieder ins Theater gehen und das gerne in guter Gesellschaft.

Noch etwas skeptisch, ob er da nun 1 und 1 richtig zusammengerechnet hatte, öffnete er das andere Päckchen und fing an zu lachen. Sie war peinlich berührt und erklärte ihm, sie sei einfach so eifersüchtig gewesen auf ihn, darauf dass er so stolz von seiner Familie erzählt hatte und entschuldigte sich wieder und wieder dafür. Doch Kurt war nicht verärgert. Wenn sie ihm das Gebiss nicht gestohlen hätte, so hätte er keinen Anlass gehabt, zuhause das alte Gebiss als Notlösung zu suchen. Nur so entdeckte er die Handwerker und danach fügte sich ein Puzzleteil nach dem anderen zusammen.

Erleichtert atmete Lydia auf. Man konnte fast den Stein hören, der ihr vom Herzen fiel.

Auch das mit dem Theaterbesuch war schnell ausgemacht und Kurt freute sich, die Briefmarke investiert und den Brief geschrieben zu haben.

Am Nachmittag dann kam auch Bella wieder vorbei, um gemeinsam mit Lydia und Tante Helga einen Plan und eine Einladung für Bruno bzw. Clemens zu kreieren.

So schlugen sie vor, einen neutralen Treffpunkt in der Stadt für den kommenden Sonntag. Das würde passen, denn dann waren ja auch Adelgunde und Clemens aus ihrem Urlaub zurück.

Parallel lud also Tante Helga auch Adelgunde für diesen Nachmittag ein, um ihre Genesung und den Abschied vom Pflegeheim zu feiern.

Jetzt musste nur noch alles klappen.

An den anderen Herren, die Bekanntschaft suchten, war Lydia dank der Sympathie zu Kurt nun gar nicht mehr interessiert. Aber sie legte sie vorerst nur zur Seite. Vielleicht bräuchte Tante Helga ja bald Herren auf Partnersuche für ihre liebe Adelgunde.

Funny Happy End?

Die letzten Tage vergingen wie im Fluge. Am Freitagmorgen kam die Morgenschwester nicht zu Tante Helga. Tante Helga war schon seit einer Stunde wach. Sie war aufgeregt, denn heute ging es wieder nach Hause.

Nun saß sie schon, fertig geschniegelt und gebügelt und es kam keiner, um sie abzuholen. Wenn man schlafen wollte, waren ja fünf Minuten kaum merklich. Wenn man aber auf etwas wartete, waren fünf Minuten mitunter ziemlich lang.

Doch dann, endlich, klopfte jemand an die Tür. Tom steckte den Kopf herein, mit einem freundlichen „Guten Morgen".

Strahlend stand Tante Helga auf, ließ den Rollator in der Ecke stehen, denn den brauchte sie ja nicht mehr, zumindest nicht bei kurzen Strecken. So gingen die beiden zusammen zu Helgas letztem Frühstück hier in der Kurzzeitpflege.

Am Tisch stand ein großer Strauß Blumen. Die anderen hatten zusammengelegt und wollten Tante Helga für ihren frischen Wind und die positiven Erfahrungen bedanken. Tante Helga spürte, wie ihr die Tränen kamen. Doch was sie auch verspürte, war Hunger. So bedankte sich bei allen und bat rasch um ihren Hauch von Kaffee.

Wenn es etwas gab, was ihr hier wirklich fehlte, war es neben ihrer Wohnung ein Kaffee, der auch wirklich nach Kaffee schmeckte und nicht, dass da mal in der Ferne eine Bohne vorbeigekommen war.

Doch Tante Helga hatte hier wirklich Freunde gefunden und so hatte sie beschlossen, mit den anderen Urlaubern Kontakt zu halten und auch hier und da mal auf einen Kaffee oder eine Zigarette vorbei zu kommen.

Tante Helga hatte ihren kleinen Bruder gebeten, sie abzuholen. So hatte sie auch Zeit, mal wieder mit ihm Neuigkeiten auszutauschen und gleichzeitig musste sie sich keine Gedanken machen, wer ihren Koffer trug.

Die Blumen nahm sie selbst, nachdem sie sich von jedem einzelnen hier verabschiedet hatte.

Dann ging es nach Hause. Endlich! Nach so vielen Wochen. Allerdings hatte sie eine Sache für sich beschlossen. Sie kochte nicht mehr ein und noch weniger trug sich nochmals Gläser in den Keller. Da kaufte sie lieber jede Woche ein Glas Marmelade. Das wäre dann sicherer für ihre Knochen.

Als ihr Bruder in ihre Straße einbog, spürte sie die Nervosität noch mehr. Sie genoss es, endlich wieder zuhause sein zu können. Sie ging vor ihm die Treppen hinauf und auch er staunte darüber, wie flott sie nun wieder zu Fuß war. Dennoch hatte sie ja von der

Krankenkasse auch einen Rollator bekommen, der noch in seinem Kofferraum war. Als er diesen dann auch in die Wohnung gebracht hatte, war sie kurz skeptisch, wo man diesen denn verstecken könnte. Schließlich war sie ja wohl noch nicht so alt!

Aktuell brauchte sie ihn ja nicht und hatte es so schnell auch nicht wieder vor, ihn zu benutzen. Also fand er Platz in der Abstellkammer.

Als sie dann eine Weile später alleine war und gerade zu Bett gehen wollte, klingelte es an der Tür. Es war Kurt. Er hatte von Lydia erfahren, was Tante Helga für sie in die Wege geleitet hatte und so wollte er ihr nur schnell Danke sagen.

Na, nicht mal Zuhause hatte man jetzt Ruhe! Tante Helga freute sich darüber und ging dann, als sie wieder alleine war, zu Bett. Endlich wieder in ihrem eigenen Bett zu schlafen, das war so herrlich.

Der nächste Morgen brach an. Es war acht Uhr und keiner hatte sie geweckt. Stimmte ja, hier machte ihr ja keine Morgenschwester Frühstück. Lachend bediente sie sich also selbst ihre Kaffeemaschine.

An diesem Tag gab es endlich mal wieder Kaffee aus richtigen Kaffeebohnen!

Dann öffnete sie den Kühlschrank und freute sich, denn hier aß ihr auch keiner den Joghurt weg.

Sie genoss den Tag, füllte ihre Vorräte etwas auf, führte ein paar Telefonate, um sich zurück zu melden und qualmte auf ihrem Balkon, ohne sich verstecken zu müssen.

Doch ihre Freundin Adelgunde tat ihr leid, würde sie doch am morgigen Sonntag in der Stadt ihren Clemens als Lügner entlarven. Ach, das tat ihr wirklich leid.

Am nächsten Morgen grübelte Tante Helga schon beim Frühstück, wie Adelgunde wohl reagieren würde, wenn sie ihren Clemens oder Bruno, oder wie immer er auch heißen mochte, mit einer anderen Frau sehen würde.

Am frühen Nachmittag holte die kleine Bella, die ja eigentlich einen Kopf größer war, als Tante Helga, sie ab, um sie in die Stadt zu bringen.

Zur Sicherheit war auch sie dort auf einen Kaffee mit Tom verabredet, um in der Nähe zu sein, falls sie gebraucht wurde. Das und die Tatsache, dass sie und Tom sich wirklich zu verstehen schienen, gefiel Tante Helga sehr gut. Das war doch mal eine ordentliche Wahl für beide, befand sie.

Als sie in der Stadt ankam, hatte auch Tom Lydia schon mitgebracht. Sie nahmen an verschiedenen Tischen Platz, um nicht gleich aufzufliegen. Dann, wenige Minuten später kam er, der Frauenheld, der Casanova, Clemens, Bruno oder wie auch immer. Er hatte eine Rose mitgebracht und begrüßte Lydia mit einem Kuss auf die Hand.

Gut, dass er Tante Helga nicht gesehen hatte, die drei Tische weiter saß. Kurz darauf kam auch Adelgunde, die sich aufgeregt zu ihrer Freundin gesellte und erst mal ein großes Stück Sahnetorte zu ihrem Cappuccino bestellte.

„Ach, Helga, du kannst dir ja nicht vorstellen, wie anstrengend das war." Als die Kellnerin kam, unterbrach sie kurz ihre Ausführungen und erblickte dabei Lydia und ihren neuen Bekannten. Da stieg Adelgunde kurz auf, um an Lydias Tisch zu gehen und Tante Helga traute ihren Augen kaum. Adelgunde sah diesen Casanova hier mit Lydia und hatte nichts Besseres zu tun, als ihn zu umarmen? Ja, Tante Helga traute ihren Augen kaum und zweifelte an Adelgundes Zurechnungsfähigkeit.

Ihr Blick folgte Adelgunde gebannt bei jedem Schritt.

Kurz darauf kam Adelgunde zurück zu Tante Helga, setzte sich und meinte, „Warte, wo war ich stehen geblieben…ach ja…der Urlaub war so anstrengend, ich sage dir, das glaubt man ja nicht…"

Tante Helga blickte sie mit offenem Mund an. Sonst hatte sie nicht zu sagen? Ihr Verlobter saß da drüben mit einer anderen Frau und sie plaudert fröhlich weiter von wegen ihr Urlaub war anstrengend? Tante Helga war entsetzt! Sie rang nach Worten. Die Gedanken überschlugen sich, doch was sollte sie nun dazu sagen?

Adelgunde erzählte weiter, als sei nichts geschehen „Clemens hatte ja auf Mallorca mit seinem Zwillingsbruder früher ein Büro."

Zwillingsbruder – das konnte ein Indiz sein, kombinierte Tante Helga pfiffig.

„Man kannte ihn überall, wo wir hinkamen und dann muss ich sagen, mit einem so jungen Mann hat man ja kaum Ruhe. Helga, das kannst du dir nicht vorstellen. Der Mann wollte ständig Sex. Diese kleinen blauen Pillen sind ja mal ganz schön, aber so viel? Aus dem Alter bin ich raus! Da konnte ich nicht anders. Helga, ich habe die Verlobung gelöst. Das war mir einfach alles viel zu viel Stress."

Tante Helgas Mund stand noch immer offen. Sie war noch immer sprachlos. Das kam ja, das wusste Adelgunde nur zu gut, bei Tante Helga eher selten vor, um nicht zu sagen, so gut wie nie.

„Aber, aber, da trifft er sich gleich mit der nächsten, hier vor deinen Augen?" fragte Tante Helga. Adelgunde drehte den Kopf und sagte „Nein, wieso? Ach so, dort hinten, das ist sein Zwillingsbruder Bruno. Er ist allerdings ein kleiner Casanova. Die Dame sollte sich etwas in Acht nehmen."

Tante Helga brach in schallendes Gelächter aus.

Adelgunde lachte mit, war aber etwas verdutzt, dass ihr anstrengender Urlaub und die sexuelle Lust ihres nun Ex-Verlobten scheinbar so lustig für ihre Freundin waren.

Lieber Leser,

ich hoffe, Sie hatten Spaß und Tante Helga und ihre Erlebnisse haben auch Sie zum Schmunzeln gebracht.

Ich würde mich freuen, wenn Sie mich wissen lassen, wie
Ihnen dieses Buch gefallen hat.

Gerne können Sie mir schreiben unter:

Anne.Fatori@web.de

Aktuelles zu den geplanten Neuerscheinungen erfahren Sie
unter:
www.Anne-Fatori.jimdo.com
oder auch auf meiner Facebook-Seite.

Herzliche Grüße

Ihre Anne

Meine Empfehlungen:
Bisher erschienen:

Agathe, der alte Besen und die Weihnachtsgans
Die besinnliche Zeit und die Krisen am Herd

Agathe und Alfred reisen zum diesjährigen Weih-
nachtsfest schon früher an. Das bedeutet für Schwiegertochter Marie: der Blutdruck steigt und pochende
Migräne ist vorprogrammiert, denn Agathe hat ein
ganz besonderes Talent, ihre Schwiegertochter zu
reizen.
So kann sie nicht nur Krümel hinterm Küchenschrank
scannen, sondern sie verpasst auch sonst keine Möglichkeit, ihre Mitmenschen zu kritisieren, bis die Sache endlich eskaliert.

ISBN 978-3-7460-1817-1
Buch Preis 5,99 €
E-Book Preis 2,49 €

Geplante Neuerscheinungen

Büroaussichten Heiter bis Mobbing

Vom täglichen Machtkampf zwischen Schreibtisch und Kantine

Dies ist ein Buch über Karrierepläne, Bewerbungsgespräche, unterschiedliche Charaktere im Büro, Mobbing, Bossing, Erholungsshopping quer durch Drogerien, Parfümerien, Schuhgeschäfte und Co.

Ella plant, sich mit einem Stellenwechsel beruflich zu verbessern. Leider entwickelt sich zwischen ihr und ihren Kolleginnen keine Freundschaft, sondern vielmehr bricht die Eiszeit an und kleinere sowie größere Intrigen begleiteten sodann mehr und mehr ihr tägliches Miteinander.

Dennoch ist der monatliche Entschädigungsobolus so hoch, dass es heißt: Durchhalten und dem Grauen die Stirn bieten. So kann sich Ella nicht nur den neuen Schuhschrank kaufen, sondern diesen auch völlig problemlos überfüllen. Doch der Preis dafür ist hoch.

Buch ISBN: 978-3-7460-3676-2
E-Book ISBN: 978-3-7460-3596-3